südwest

Dr. med. Thomas Weiss

Fibromyalgie
Schmerzen überall

Das wirksame 10-Punkte-Programm gegen Müdigkeit, Muskel- und Sehnenschmerz

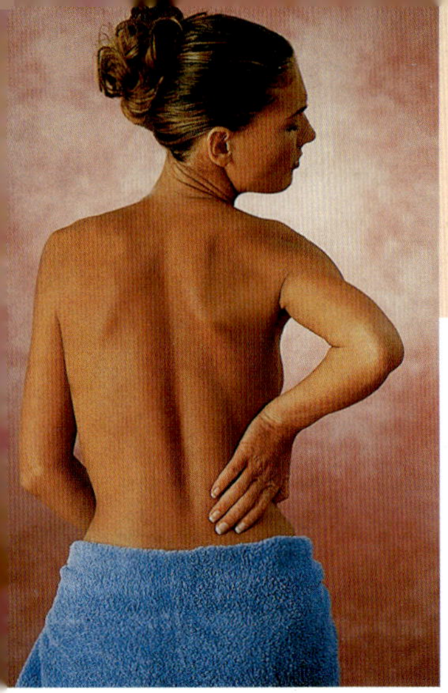

Im Vordergrund der Fibromyalgie-symptomatik stehen Muskel-schmerzen, besonders im Bereich der Wirbelsäule.

Inhalt

Verzichten Sie auf Kaffee, Colagetränke und Alkohol – trinken Sie lieber Kräutertees, die Ihrem Magen gut tun.

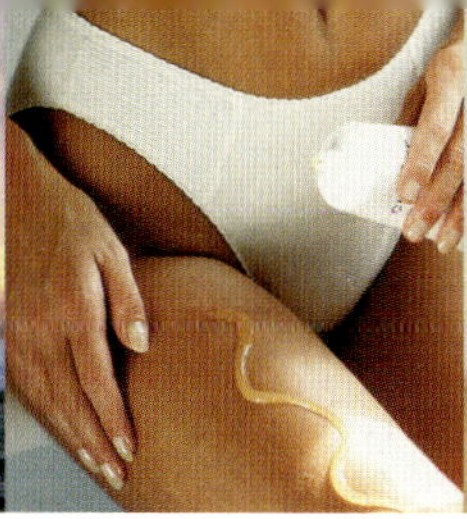

Die 10-Punkte-Therapie 54

Viel frisches Obst und Gemüse bilden die Basis einer gesunden vollwertigen Ernährung.

Für Fibromyalgiekranke sind Dehnübungen besonders wichtig. Vorsichtig ausgeführt können sie helfen, Schmerzen zu lindern.

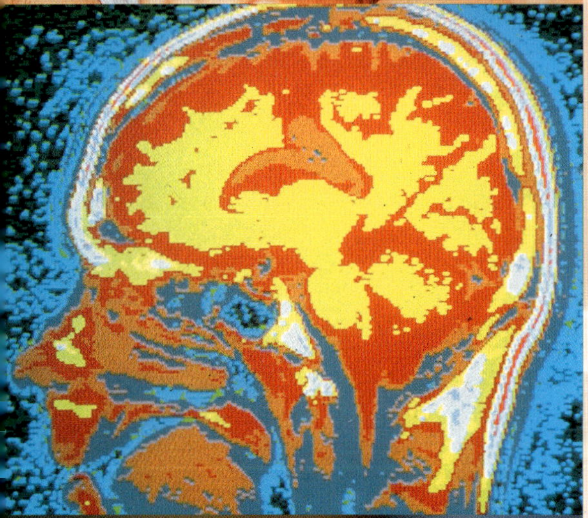

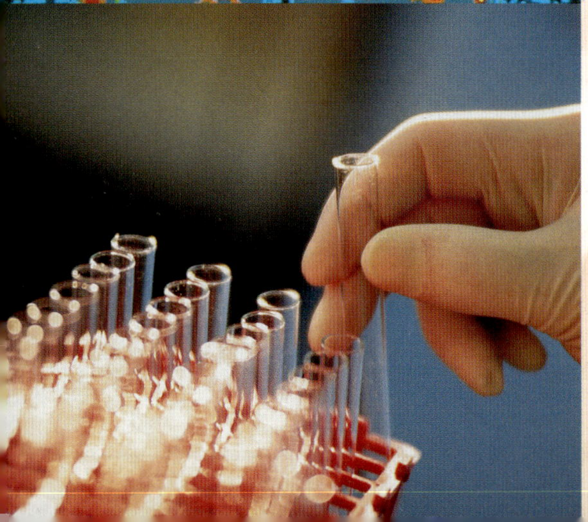

Was ist Fibromyalgie?

Sie leiden immer wieder an Muskel- und Sehnenschmerzen, sind aber angeblich kerngesund?
Sie sind es leid, wieder und wieder verschiedene Ärzte zu konsultieren und als Hypochonder angesehen zu werden?
Vielleicht sind auch Sie an Fibromyalgie erkrankt!
Hier bekommen Sie Informationen, die Sie vor weiteren Fehldiagnosen bewahren können.

Depressive Verstimmungen, Muskelschmerzen und chronische Erschöpfung – die Fibromyalgie lässt sich allerdings bisher noch nicht mit labortechnischen Mitteln diagnostizieren.

Verwirrende Beschwerdenvielfalt

Ein neues, rätselhaftes Krankheitsbild stürzt in jüngster Zeit Patienten und Ärzte gleichermaßen in Verwirrung. Seit einigen Jahren kommen immer mehr Menschen mit Beschwerden zum Arzt, die dieser kaum einer bekannten Krankheit zuordnen kann. Sie klagen über eine Mischung aus einer Unzahl von Symptomen, die ohne jede Systematik zu sein scheint. Was ist das für ein merkwürdiges Krankheitsbild? Der im Folgenden geschilderte Fall ist typisch für den Leidensweg eines Fibromyalgiekranken; zwar ist er insofern nicht übertragbar, als andere Einzelerkrankungen in anderer Reihenfolge auftreten können, typisch ist er aber in der Häufung und der Summierung der einzelnen Symptome.

Typische Patientenkarriere

Die Patientin ist ihr ganzes Leben lang gesund gewesen. Kurz vor ihrem 40. Geburtstag erleidet sie einen Hexenschuss; das lästige Symptom verschwindet bald wieder, aber es bildet den Anfang einer ganzen Kette von Krankheiten. Wenige Monate später stellen sich Rückenverspannungen ein, die zu hartnäckigen Kopfschmerzen führen. Ein halbes Jahr danach kommen Bauchbeschwerden: Aufstoßen, Völlegefühl, Blähungen, Durchfall und Verstopfung im Wechsel. Der Bauch drückt gegen das Zwerchfell, die Patientin kann nur schlecht durchatmen. Schwindelanfälle treten auf.

Überall Schmerzen

Die Beschwerden wechseln in ihrer Intensität und in der Reihenfolge ihres Auftretens, doch werden sie im Lauf der Jahre immer zahlreicher: Karpaltunnelsyndrom, das sich in Schmerzen im ganzen Arm äußert, Reizblase, Mundtrockenheit, bei Frauen Periodenschmerzen u.v.a.m. Auffällig ist, dass der Patient im Verlauf seiner Leidenskarriere gar nicht mehr sagen kann, wo die Beschwerden zu lokalisieren sind und welche der Einzelsymptome am akutesten auftreten. Die Muskelschmerzen sind einfach überall!

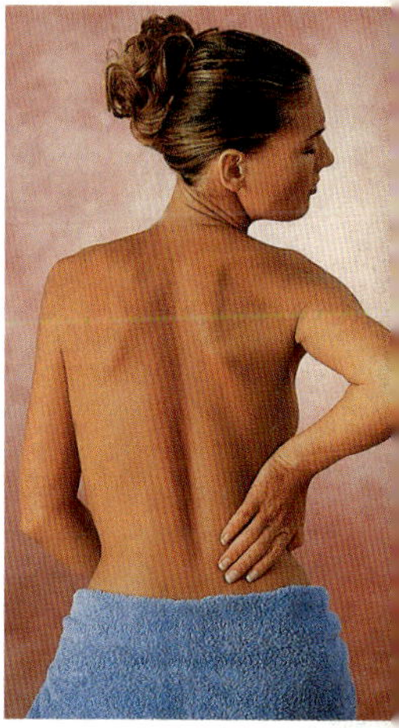

Wechselnd lokalisierte Muskelschmerzen, vor allem im Bereich der Wirbelsäule, kennzeichnen u. a. das Krankheitsbild.

> **→ Tipp**
>
> Lesen Sie diesen Ratgeber gründlich durch. Wenn Sie gut informiert sind, können Sie sich und Ihren Arzt vor einer weiteren Fehldiagnose bewahren. Fibromyalgie ist zwar seit dem Jahr 1990 als offizielle Krankheit anerkannt, aber noch nicht bei allen Ärzten und Patienten bekannt.

Fibromyalgie ist keine Einbildung

Im Verlauf dieser Zeit konsultiert der typische Fibromyalgiekranke Dutzende von Ärzten. Was zu untersuchen ist, ist untersucht worden, es gibt kaum ein Gelenk, das nicht geröntgt worden ist. Doch das Ergebnis lautet immer: »Es ist alles in bester Ordnung, Sie haben nichts!« Etliche verschiedene Einzeldiagnosen werden gestellt, oft vermuten Arzt wie Patient am Ende, die Krankheit sei psychischer Natur, man sei wohl seelisch krank.

Die »neue« Krankheit

Doch Fibromyalgiekranke sind weder neurotisch, noch bilden sie sich ihre Krankheit ein. Obwohl die meisten Ärzte exakt diagnostizieren und aus ihrem speziellen Blickwinkel sicherlich richtig sehen, treffen sie mit ihrer Diagnose aber nicht ins Schwarze. In solchen Fällen gibt es nicht eine Unzahl von verschiedenen Erkrankungen, es liegt nur eine einzige vor: Fibromyalgie.

Krankheit von Muskeln und Sehnen

Was verbirgt sich hinter diesem rätselhaften Fachchinesisch? Was ist das für eine seltsame Krankheit? Handelt es sich wirklich nur um eine einzige Erkrankung, die mit so vielen Beschwerden einhergeht? Welche Symptome sind damit verbunden? Wie kann man die Krankheit diagnostizieren? Wer ist davon betroffen?

Definition

Der Begriff »Fibromyalgie« ist ein Kunstwort, das sich aus vier Teilen zusammensetzt.

- Lateinischt »fibra« = Faser
- Griechisch »mys« = Muskel
- Griechisch »algos« = Schmerz
- Griechisch»ia« = Zustand

Man könnte diese Krankheitsbezeichnung also etwas holprig mit »Muskelfaserschmerzzustand«

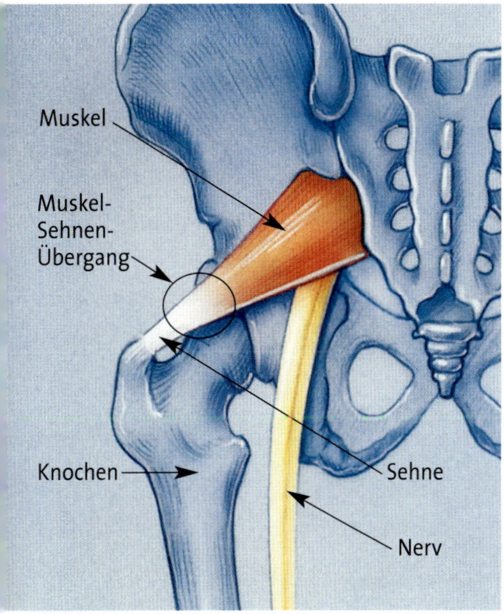

Im Übergang zwischen Muskel und Sehne sitzen besonders viele empfindliche Schmerzfasern. Daher ist diese Übergangsstelle ein »neuralgischer« Punkt bei Fibromyalgie. Hier treten besonders unangenehme Schmerzen auf.

übersetzen. Mit dieser Bezeichnung sind bereits die wichtigsten Elemente der Erkrankung genannt. Es handelt sich um eine chronische, nicht entzündliche Form eines rheumatischen Zustands, die ausschließlich die Weichteile des Körpers betrifft, vor allem den Übergang vom Muskel zur Sehne (siehe dazu die nebenstehende Grafik). Die Knochen und Gelenke sind dagegen nicht betroffen. Dabei gibt es einzelne Muskel-Sehnen-Übergänge, die besonders schmerzhaft sind. Sie werden als Schmerzdruckpunkte oder tender points bezeichnet.

Neben diesen Schmerzen treten im Verlauf der Erkrankung zahlreiche so genannte vegetative Beschwerden auf. Die Laboruntersuchungen sind dabei eher unauffällig, größere Abweichungen von den normalen Werten können in der Regel nicht festgestellt werden. Und schließlich ist die Ursache der Erkrankung nicht eindeutig bekannt.

Häufigkeit des Auftretens

Die Fibromyalgie ist keineswegs eine seltene Erkrankung, sie ist vielmehr ausgesprochen häufig: Je nach Land und Untersuchung sind bereits ein bis vier Prozent der Bevölkerung betroffen. Etwa zwei bis sechs Prozent aller Patienten, die zum Allgemeinarzt gehen, sind daran erkrankt, und in der Sprechstunde von Orthopäden und Rheu-

Schmerzende Muskeln sind eigentlich nicht ungewöhnlich – denkt man beispielsweise an Muskelkater oder ähnliche Beschwerden. Bei der Fibromyalgie schmerzen viele Muskeln: häufig und scheinbar ohne Grund.

matologen liegt der Anteil noch höher: 6 bis 20 Prozent! In der Bundesrepublik Deutschland sind also mehrere Millionen Menschen von dieser Erkrankung betroffen.

info

Das Wort »Fibromyalgie« ist neu, die Krankheit ist es jedoch nicht. Es gibt Berichte über das Krankheitsbild, die Jahrhunderte zurückreichen und damals häufig als »nervöse« Beschwerden bezeichnet wurden. Heute fasst die Wissenschaft die vielfältigen Beschwerden mit einem Begriff zusammen: Fibromyalgie.

Es ist verwunderlich, warum eine derart häufig vorkommende Krankheit so lange nicht erkannt wurde und warum man noch immer so wenig von Fibromyalgie hört. Dies liegt sicherlich daran, dass die Krankheit nur sehr schwer zu diagnostizieren ist – und damit auch leider nur selten erkannt wird, obwohl sie relativ häufig vorkommt.

- Die Krankheit Fibromyalgie ist selbst unter Medizinern bis heute wenig bekannt.
- Fibromyalgie lässt durch die verwirrende Vielfalt von Beschwerden immer wieder zuerst an andere Krankheiten denken. Der untersuchende Arzt sieht dabei leider sozusagen den Wald vor lauter Bäumen nicht.

Geschichte einer Krankheit

Das Wissen über diese Erkrankung ist noch sehr jung. Erst vor gut 20 Jahren wurde sie zum ersten Mal in Fachkreisen in den USA diskutiert. Doch die Krankheit selbst ist noch sehr viel älter: Diffuse Muskelschmerzen kannten bereits die Ärzte der Antike. Im Lauf des 18. Jahrhunderts unterschied man zum ersten Mal Gelenkrheuma von Muskelrheuma, zu Beginn des 19. Jahrhunderts wurden zum ersten Mal die »tender points« beschrieben.

Erst Fibrositis genannt

Anfang des 20. Jahrhunderts nahm man an, dass das Muskelrheuma Folge einer Muskelfaserentzündung (medizinisch: Fibrositis; alle Krankheitsnamen, die auf »-itis« enden, bezeichnen entzündliche Prozesse) sei. Im Jahr 1968 wurden die ersten Fälle von Fibromyalgie beschrieben, die damals noch als Fibrositis bezeichnet wurde. Erst Anfang der 1980er Jahre wurde klar, dass es sich bei dem neuen Krankheitsbild nicht um eine entzündliche Krankheit handelt.

Der Krankheitsverlauf der Fibromyalgie

- Der Krankheitsbeginn ist oft schleichend. Bereits in jungen Jahren leiden Betroffene häufiger unter Kopfschmerzen, Migräne oder Rückenschmerzen. Auch Reizdarmbeschwerden, Schlafstörungen, Schwindel oder depressive Verstimmungen finden sich häufig in der Vorgeschichte.
- Meist treten irgendwann hartnäckige Schmerzen in der Hals- oder Lendenwirbelsäule bzw. an irgendeiner anderen Stelle des Körpers auf, die anfangs kommen und gehen. Irgendwann werden sie zu Dauerschmerzen.
- Später kommt es zur langsamen Schmerzausbreitung über den Körper bis es schließlich »überall« weh tut.
- Dieser generalisierte Schmerz ist anfangs vor allem in der kalten Jahreszeit oder nach Belastungen zu spüren. Im Verlauf von Jahren werden jedoch die »guten«, d. h. schmerzfreien Zeiten immer seltener.
- Schließlich treten immer häufiger auch »vegetative Beschwerden« (s. S. 14), wie Abgeschlagenheit, Schlafstörungen, Depressionen und Ängste hinzu: das Vollbild der Erkrankung.

Der Begriff »Fibromyalgie« wurde 1977 vorgeschlagen und 1990 von der amerikanischen rheumatologischen Gesellschaft akzeptiert. Damit wurde die Fibromyalgie als »offizielle« Krankheit anerkannt. Vieles spricht dafür, dass die Fibromyalgie an Häufigkeit zunimmt. Doch um diese Annahme zu beweisen, fehlen genaue Zahlen.

Dies ist auch nicht weiter verwunderlich. Man kann eine Krankheit erst untersuchen und statistisch auswerten, wenn man sie als bestimmtes, abgrenzbares Erscheinungsbild erkannt und definiert hat. Da dies bei der Fibromyalgie erst seit sehr kurzer Zeit der Fall ist, fehlen somit entsprechende Langzeitstudien.

Es gibt Ärzte, die den Begriff »Fibromyalgie« ablehnen. Sie sprechen dann häufiger von einer »somatoformen Störung« oder auch »somatoformen Schmerzstörung«. Damit ist das gleiche Krankheitsbild gemeint, allerdings werden als Ursache vorwiegend seelische Prozesse angesehen.

Warum vorwiegend Frauen im mittleren Lebensalter betroffen sind, konnte man bisher noch nicht herausfinden.

Alters- und Geschlechtsverteilung

Die Fibromyalgie ist im Wesentlichen eine Erkrankung von Frauen, die 80 bis 90 Prozent der Betroffenen ausmachen. Im Allgemeinen beginnt die Erkrankung gegen Ende des dritten Lebensjahrzehnts und ist bis etwa Mitte des vierten voll entwickelt.

Von dieser allgemeinen Regel gibt es jedoch Ausnahmen: So kommen auch Jugendliche in Behandlung, und schon bei Sechsjährigen können die ersten Beschwerden auftreten. Andererseits gibt es Fälle, bei denen der Beginn der Krankheit erst in deutlich höherem Lebensalter auftritt.

Fibromyalgie und Beruf

Fibromyalgie ist sicherlich keine Erkrankung einer bestimmten Berufsgruppe. Angestellte, Arbeiter, Beamte, Verkäufer, Lehrer und Studenten – alle können betroffen sein. Sicher ist, dass die Fibromyalgie keine Erkrankung der Schwerarbeiter ist, die Ursache also nicht in starker körperlicher Belastung zu suchen ist. Ob einzelne Berufe etwas häufiger als andere betroffen sind, konnte bis jetzt noch nicht ausreichend untersucht werden.

info

So lästig und schmerzhaft die Krankheit auch ist – einen Trost gibt es: Bei der Fibromyalgie kommt es nie zu Gelenkdeformierungen oder anderen Spätschäden an den Gelenken.

Prognose

Die Fibromyalgie ist im Allgemeinen eine chronische Erkrankung mit langjährigem Verlauf, die oft mit langem Leiden verbunden ist. Dennoch führt sie nie zu einer Veränderung der Gelenke oder anderer Organe. Deformierungen oder Funktionsbeeinträchtigungen, wie sie bei der rheumatoiden Arthritis (Gelenkrheuma) vorkommen, gibt es bei der Fibromyalgie nicht. Dementsprechend steht am Ende der Krankheit auch nie der Rollstuhl, wie es verständlicherweise oft von Betroffenen befürchtet wird.

Das Spektrum der Symptome reicht von praktischer Beschwerdefreiheit bzw. geringfügigen Beschwerden über gewisse Einschränkungen bis hin zu kaum erträglichen Schmerzen, wovon aber glücklicherweise nur eine

Minderheit (d. h. weniger als zehn Prozent der Erkrankten) betroffen ist.

Je früher die Diagnose gestellt wird, je umfassender die Therapie ist und je aktiver Betroffene an der Therapie mitwirken, desto besser ist die Prognose.

Dauer der Erkrankung

Die Dauer der Krankheit ist im Einzelfall schwer vorherzusagen. In größeren Studien wurden meist Beschwerdezeiträume von 15 und mehr Jahren gefunden. Doch lassen Sie sich durch diese Zahlen nicht schockieren! Es gibt große Unterschiede, was das Ausmaß der Beschwerden angeht. Tendenziell nehmen die Schmerzen mit der Zeit ab. Nach dem 60. Lebensjahr geht es vielen – leider nicht allen – Patienten deutlich besser.

Kostenschätzungen

Was eine Fibromyalgie in Heller und Pfennig kostet, ist nur ungefähr bekannt. Die direkten Kosten durch die Krankheit sind bereits beträchtlich. Sie liegen in den USA bei umgerechnet ca. 5000 EUR pro Patient und Jahr. Wesentlich höher sind die indirekten Kosten, die durch Arbeitsausfall und Renten entstehen.

Schließlich kommen noch die Aufwendungen für die unnötigen Untersuchungen hinzu, die entstehen, bis nach durchschnittlich sieben Jahren die korrekte Diagnose gestellt ist.

Rechnet man alles zusammen, kommt man für die Bundesrepublik Deutschland auf Gesamtkosten in zweistelliger Milliardenhöhe.

info

Fibromyalgie ist zwar nicht direkt erblich, dennoch findet sich die Krankheit in manchen Familien vor allem in der weiblichen Linie vermehrt. Neben typischen Fällen von Fibromyalgie kommen auch andere Schmerzerkrankungen und Depressionen in solchen Familien vermehrt vor. Am häufigsten sind Mutter und Tochter gleichermaßen betroffen.

Diese Beschwerden können auftreten

Hat sich die Krankheit Fibromyalgie erst einmal voll entwickelt, leiden die Betroffenen meistens unter einer Vielzahl völlig unterschiedlicher Beschwerden. Im Folgenden finden Sie dazu eine Aufstellung.

Muskelschmerzen

- Im Vordergrund stehen Dauer- und Ruheschmerzen. Etwa die Hälfte der Patienten klagt, sie habe überall Schmerzen. Außer der Wirbelsäule sind fast immer auch Arme und Beine betroffen. Es gibt allerdings Fälle, in denen neben der Wirbelsäule nur einzelne Muskelbezirke (beispielsweise die Schultern) wehtun.
- Besonders schmerzempfindlich sind bestimmte Muskel-Sehnen-Übergänge, die »tender points«. Sie spielen in der Diagnostik (siehe Seite 20) eine herausragende Rolle.
- Eine allgemeine Reizbarkeit der Nerven ist ein weiteres Symptom: Überempfindlichkeiten der Haut, des Geruchssinns, der Ohren usw.

info

Die Mehrzahl der Beschwerden lässt sich durch eine allgemeine Senkung der Reizschwelle erklären. Fibromyalgiepatienten sind nicht nur schmerzempfindlich, sie leiden unter einer übermäßigen Empfindlichkeit praktisch aller Sinnesorgane. Sie sind übermäßig sensibel gegenüber Licht, Lärm, Geruch, Geschmack, Berührung bis hin zu gesteigerter psychischer Irritierbarkeit. Dadurch befinden sie sich in einem Zustand der dauernden Reizüberflutung.

Abgesehen von den Schmerzen, fühlt sich die Mehrzahl der Patienten gedrückt, depressiv oder auch ängstlich.

Kopfschmerzen und Migräne

- Mehr als die Hälfte der Patienten leidet an ausgeprägten Spannungskopfschmerzen. Häufig ziehen diese vom Nacken her kommend über den Kopf nach vorn zur Stirn, oder sie sind vorwiegend in der Augen- und Schläfenpartie lokalisiert.
- Manche Patienten müssen neben den »normalen« Spannungskopfschmerzen auch noch eine Migräne ertragen. Hauptsymptome sind dabei heftige, einseitige Kopfschmerzen, meist verbunden mit Übelkeit, Licht- und Lärmscheu.

Schwellungen und Steifheit

- Morgens klagen die Patienten über eine ausgeprägte Steifheit der Gelenke und das Gefühl, diese seien angeschwollen, auch wenn eine Schwellung nicht immer sichtbar ist.
- Schwellungen treten meist auch im Bereich von Augen, Wangen und Fingern auf, und am Morgen ist oft die Nase verschwollen. Frauen leiden unter Spannungsgefühlen in der Brust und im Unterleib. Vor und während der Periode können diese Beschwerden deutlich zunehmen und sich bis zu Krämpfen steigern.

Erschöpfung, Mattigkeit und Schlafstörungen

- Erschöpfung, Mattigkeit und Müdigkeit sind die wichtigsten Symptome. Die massive Abgeschlagenheit fehlt selten und quält die Patienten sehr. Sie ist oft derart ausgeprägt, dass eine regelmäßige Berufstätigkeit nicht (mehr) möglich ist.
- Erschwert wird eine Erwerbstätigkeit häufig durch Konzentrationsstörungen: Benommenheit, Erinnerungslücken, eine Störung des Kurzzeitgedächtnisses, das Gefühl einer »Mattscheibe« oder einer allgemeinen Verlangsamung werden beklagt. Manche haben den Eindruck, sie stünden ständig neben sich. Im amerikanischen Sprachraum wird dieser »benebelte Zustand« als fibrofog (»fog« = Nebel) bezeichnet.
- Ebenso häufig sind Schlafstörungen. Meist fallen die Betroffenen todmüde ins Bett, aber nach nur zwei Stunden ist es vorbei mit dem Schlummer. Dann wälzen sie sich von einer Seite auf die andere und fühlen sich morgens völlig zerschlagen.

Magen-Darm-Beschwerden und Allergien

- Aufstoßen, Völlegefühl, Sodbrennen, vermehrte Darmgeräusche, Blähungen, Durchfall oder Verstopfung fehlen bei einem Fibromyalgiepatienten selten.
- Bei einer überraschend großen Zahl der Patienten finden sich Allergien. Diese reichen von leichtem Heuschnupfen bis zu schwerem Asthma.

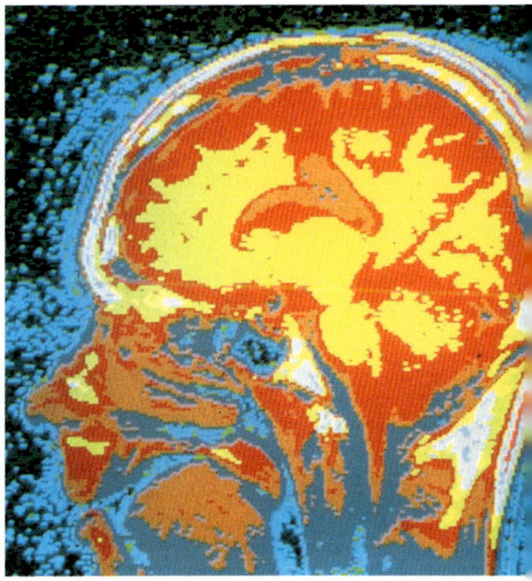

Bei Untersuchungen mit der Magnetresonanztomographie erkennt man bei Fibromyalgiepatienten eine Verlagerung und Vergrößerung der Hirngebiete, die für die Schmerzverarbeitung verantwortlich sind.

Kreislaufstörungen

- Fibromyalgiepatienten sind meistens sehr kälteempfindlich und berichten über Zeichen einer gestörten Durchblutung: kalte Hände, kalte Füße oder Raynaud-Syndrom (siehe dazu Seite 37f.).
- Ebenfalls häufig tritt ein Karpaltunnelsyndrom auf. Hierbei handelt es sich um die Einengung eines Nervs im Bereich des Handgelenks. Als Konsequenz treten nachts zum Teil äußerst heftige Schmerzen im Arm auf.

Für Arzt und Patient gleichermaßen verwirrend sind die vielen so genannten vegetativen Beschwerden, die mit der Fibromyalgie verbunden sind. Man kann sie als Störungen in der Regulation von Körperfunktionen verstehen (siehe dazu Seite 30ff.).

Vegetative Beschwerden

- Neigung zu vermehrter Schweißbildung
- Empfindliche Haut, überschießende Reaktion bei Berührungen
- Kreisrunder Haarausfall
- Atembeschwerden, unklare Schmerzen im Brustbereich mit Atemnot
- Schluckbeschwerden, Kloßgefühl im Hals, Heiserkeit
- Reizblase
- Infektanfälligkeit, leicht erhöhte Temperatur
- Herzrhythmusstörungen
- Taubheitsgefühle, nervöse Extremitäten (»restless legs«), Krämpfe in den Beinen, Händezittern
- Wassereinlagerungen
- Verstärkte Venenzeichnung
- Periodenschmerzen
- Nachlassen des sexuellen Interesses, Impotenz
- Zahnschmerzen, Schmerzen in der Kaumuskulatur
- Störungen des Hörvermögens, Ohrgeräusche (so genannter Tinnitus)
- Reizbarkeit, Stimmungsschwankungen

- Kreislaufstörungen mit Schwindelgefühlen, die im Rahmen einer Fibromyalgie auftreten können, sind zwar an sich nicht gefährlich, sie beeinträchtigen aber das Leben vieler Patienten massiv, sie fühlen sich unsicher und schwach.

Laborbefunde und Röntgenuntersuchungen

In deutlichem Kontrast zu dieser Fülle von Beschwerden steht das Fehlen von objektivierbaren, »harten« Befunden. Die routinemäßig durchgeführten Laboruntersuchungen ergeben keine Auffälligkeit. Hierzu zählen insbesondere:

- Blutbild
- Blutkörperchensenkungsgeschwindigkeit
- Rheumafaktoren
- C-reaktives Protein (CRP)
- Eiweißelektrophorese
- Immunglobuline

Für alle labormedizinischen Verfahren gilt: Das Ausmaß der Beschwerden steht in krassem Widerspruch zu den unauffälligen Ergebnissen bei Röntgen-, Ultraschall-, Computertomogramm-, Szintigramm- oder Kernspintomogrammuntersuchungen.

Dem Geheimnis auf der Spur?

Allerdings gibt es gewisse Ausnahmen: In der letzten Zeit wurden bei Spezialuntersuchungen von Fibromyalgiepatienten Auffälligkeiten im Stoffwechsel der Botenstoffe des Nervensystems, vor allem des Gehirns, gefunden. Ganz im Vordergrund stand eine Verminderung des Botenstoffs Serotonin. Dieser Stoff ist bei Fibromyalgie im Zentralnervensystem (Gehirn, Rückenmark) vermindert. Im Blut dagegen sind die Werte unauffällig. Für eine Diagnostik müsste man also Rückenmarksflüssigkeit (Liquor) entnehmen, eine überaus belastende Untersuchung, die im Alltag undurchführbar ist. Der Serotoninspiegel eignet sich daher nicht zur Diagnosestellung einer Fibromyalgie. Folgende weitere Botenstoffe können im Gehirn verändert sein:

- Möglicherweise vermindert: die Werte von Serotonin, Somatomedin C, Kalzitonin, Prostaglandin, Wachstumshormonen
- Möglicherweise erhöht: die Werte von Prolaktin, Substanz P

Verständigungsprobleme zwischen Arzt und Patient

Das Fehlen von überprüfbaren Fakten ist für viele Patienten oft nur schwer zu verstehen und noch schwerer zu verkraften. Es ist für sie nicht nachzuvollziehen, warum

info

Chronische Schmerzen bedeuten für den Körper chronischen Stress! Wie mittlerweile gut untersucht ist, führt das zu einer langfristigen Erhöhung der Stresshormone im Gehirn (z. B. CRH – Corticotropin-Releasing-Hormone). Dadurch kommt es zu weiteren hormonellen Störungen, was wahrscheinlich die Vielzahl von vegetativen Beschwerden (siehe Kasten gegenüber) erklärt.

Als Faustregel kann man festhalten, dass bei der Fibromyalgie im Normalfall keine organischen Veränderungen festzustellen sind. Es gibt keine typischen Labor- oder Röntgenbefunde, die eine Fibromyalgie beweisen.

man nichts Objektives feststellt, obwohl sie sich so krank fühlen.

info

Am leichtesten lässt sich die durch die Fibromyalgie hervorgerufene Störung mit einem Beispiel erläutern: Wenn in den Straßen einer Stadt am Nachmittag der Verkehr zusammenbricht, so liegt das nicht an den Autos an sich – diese können alle in tadellosem Zustand sein. Ebenso wenig sind die Straßen oder Ampeln defekt. Gestört sind der Ablauf, das Zusammenspiel, die Funktion. Dass dies ein echtes und kein eingebildetes Problem darstellt, ist für uns alle eine tägliche Erfahrung!

Häufig wird dann verzweifelt weitergesucht, um endlich etwas »in der Hand zu haben«. Man wird aber mit großer Wahrscheinlichkeit auf irgendeine Auffälligkeit stoßen, wenn man nur hartnäckig genug untersucht. Kein Mensch ist völlig ohne Makel. Solche Zufallsbefunde werden gern zur Erklärung der Symptome herangezogen und können so leicht auf eine falsche Behandlungsspur führen. Hinzu kommt die Befürchtung der Betroffenen, ihr Arzt würde ihnen die Beschwerden nicht abnehmen, könnte sie für neurotisch halten oder gar annehmen, sie bildeten sich das Ganze nur ein.

Nicht nur das Messbare zählt

Leider sind diese Befürchtungen nicht ganz unberechtigt. Viele Ärzte nehmen die auftretenden Symptome nur dann ernst, wenn hierfür auch eine klar erkennbare organische Bestätigung vorliegt. Bei der Fibromyalgie handelt es sich jedoch um ein Krankheitsbild, bei dem es keine (oder kaum) Veränderungen in der Struktur der Einzelteile gibt. Hier überwiegen Veränderungen der Funktion.

Tender points – sensible Druckpunkte

Für das Verständnis und die Diagnostik dieser Krankheit gleichermaßen bedeutsam sind die bereits mehrfach erwähnten Druckpunkte, die tender points. Sie können das Phänomen am besten verstehen, wenn Sie ein kleines Experiment machen:

- Ertasten Sie die Stelle, an der die Muskeln des Unterarms in die Sehnen am Ellbogen übergehen, und drücken Sie kräftig mit dem Daumen darauf.
- Möglicherweise müssen Sie ein bisschen suchen, bis Sie diese Stellen auf Vorder- und Rückseite des Ellbogens gefunden haben.

- Wenn dieser Druck schmerzt, haben Sie einen tender point gefunden.
- Dieser Schmerz ist völlig normal: Die beiden Punkte am Ellbogen sind bei den meisten Menschen hoch empfindlich. Es sind in etwa die Stellen, die auch beim Tennisellbogen weh tun.

Jeder Muskel kann betroffen sein

Nun gibt es natürlich nicht nur diese beiden Muskel-Sehnen-Übergänge. Im Prinzip kann jeder Muskel davon betroffen sein. Etwa 40 Prozent des Körpergewichts besteht aus Muskeln; sie stellen damit das größte »Organ« des Menschen dar.
Glücklicherweise treten schmerzempfindliche Punkte nicht an jedem dieser Muskeln auf. Über ihre genaue Zahl besteht in der Fachwelt keine Einigkeit. Bis zu 75 Schmerzpunkte wurden beschrieben, doch sind sie nicht alle gleich wichtig. Am häufigsten werden die Punkte in Mitleidenschaft gezogen, die in der oben stehenden Zeichnung dargestellt sind.

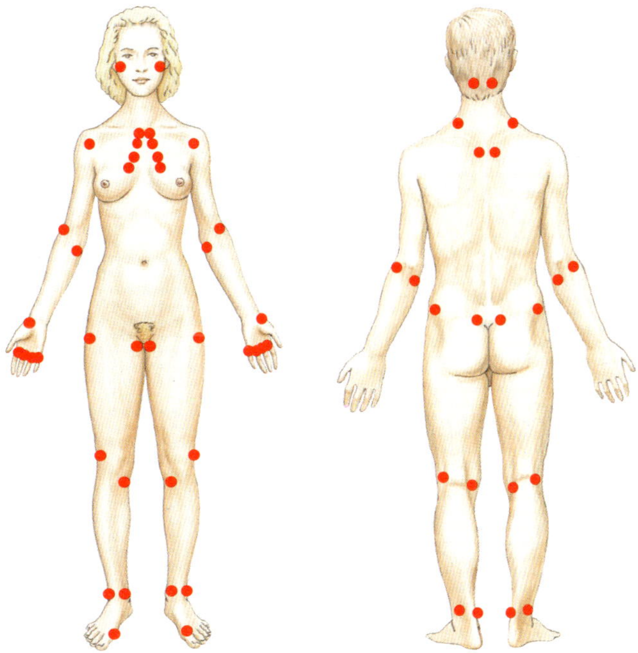

Beispiele für druckempfindliche Stellen am Körper, die keineswegs alle schmerzhaft sein müssen. Solche Tender Points sind häufig Muskel-Sehnen-Übergänge oder Austrittsstellen von kleinen Nerven.

Nicht nur Muskeln sind empfindlich

Allerdings sind nicht nur die Übergänge von Muskeln zur Sehne schmerzempfindliche tender points. Ein weiterer Übergang am Brustkorb, nämlich die Knorpel-Knochen-Grenze im Bereich der Rippen, kann Schmerzen verursachen.
Tastet man von außen, kann man sie unter der Haut bzw. unterhalb der Brustmuskeln spüren. Häufig

ist jeder einzelne Knorpel-Rippen-Übergang betroffen. Da die Rippen nicht gleich lang sind, sondern von oben nach unten immer kürzer werden, liegen die Schmerzpunkte – von oben nach unten gesehen – immer weiter außen (siehe dazu Abbildung Seite 17).
So lassen sie sich leicht von anderen sensiblen Punkten in diesem Bereich unterscheiden.

info

Besonders bedeutsam sind die tender points im Brustbereich, weil sie vermutlich für die sehr unangenehmen Brustschmerzen verantwortlich sind, unter denen viele Fibromyalgiepatienten leiden.
Oft genug sind sie so heftig, dass die Beschwerden mit einem Herzinfarkt verwechselt werden und die geplagten Menschen unter Umständen sogar auf der Intensivstation landen.

Schmerzen an Händen und Füßen

Noch ein zweiter Bereich bildet eine Ausnahme von der Regel: Im Bereich der kleinen Hand- und Fußgelenke kann das umliegende Gewebe befallen sein – ein Zustand, der meist mit einer schmerzhaften Bewegungseinschränkung einhergeht.
Sie können leicht an sich selbst überprüfen, ob die angegebenen Stellen schmerzen. Vermutlich werden Sie bei dieser Überprüfung feststellen, dass viele dieser tender points Beschwerden machen, wenn Sie nur fest genug drücken. Kein Wunder – und auch kein Grund zur Sorge: Muskel-Sehnen-Übergänge sind von Natur aus empfindlicher als die Mitte des Muskels, der so genannte Muskelbauch.

Wann darf es schmerzen?

Wie fest soll man dann also drücken? Ab welchem Druck ist das Auftreten von Schmerz normal? Im Verlauf der Forschung hat man sich darauf geeinigt, dass der Daumendruck mit einer genau definierten Kraft erfolgen sollte:

- Mit genau vier Kilopond sollte der Daumen auf die zu untersuchende Stelle drücken.

In der Praxis braucht man es allerdings nicht ganz so genau nehmen. Der Schmerz ist im Bereich der Druckpunkte nicht selten so heftig, dass die Patienten sogar aufschreien oder zusammenzucken. Im Amerikanischen spricht man deshalb in diesem Zusammenhang häufig vom jump sign (sinngemäß übersetzt bedeutet es Hochspringzeichen).

Zur größeren Klarheit hat man so genannte Kontrollpunkte definiert, Bereiche also, die weniger sensibel sind und wo bei gleicher Druckintensität kein Schmerz ausgelöst werden sollte.

Auch der Muskelbauch kann schmerzen

Noch eine letzte Unterscheidung ist bei der Testung der Schmerzempfindlichkeit zu beachten: Gelegentlich kann man im Bereich des Muskelbauchs, also im eigentlich weniger schmerzempfindlichen Mittelteil eines Muskels, tastbare Verhärtungen und Verspannungen feststellen. Drückt man darauf, zuckt der Muskel zusammen, und es entsteht ein ausstrahlender Schmerz. Hier handelt es sich um so genannte trigger points, die mit den Druckpunkten der Fibromyalgie allerdings nichts zu tun haben.

Es wurden kleine Messinstrumente entwickelt, um die aufgewendete Kraft exakt bestimmen zu können. Diese Druckdolorimeter (lat.: dolor = Schmerz) sind aber nur für die Forschung interessant. In der Praxis bringen sie keinen Vorteil.

Varianten der Fibromyalgie

- Wie es in der Medizin häufig vorkommt, unterscheidet man auch beim Krankheitsbild der Fibromyalgie unterschiedliche Formen.
- Die eigentliche Form bezeichnet man auch als primäre Fibromyalgie. Dementsprechend gibt es auch eine sekundäre Fibromyalgie.
- Viele Erkrankungen, die mit chronischen Schmerzen einhergehen, können zu einer lang anhaltenden Senkung der Schmerzschwelle und damit zu einem sekundären Fibromyalgie-Syndrom führen.
- Im Gegensatz zur primären können bei einer sekundären Fibromyalgie durchaus Labor- oder Röntgenveränderungen vorkommen. Diese sind dann aber durch die zusätzliche Krankheit und nicht durch die Fibromyalgie bedingt.

Typisch für die Beschwerden ist die Tatsache, dass sie sich nach körperlicher Arbeit oder Sport in der folgenden Nacht oder am nächsten Tag oftmals massiv verschlechtern.

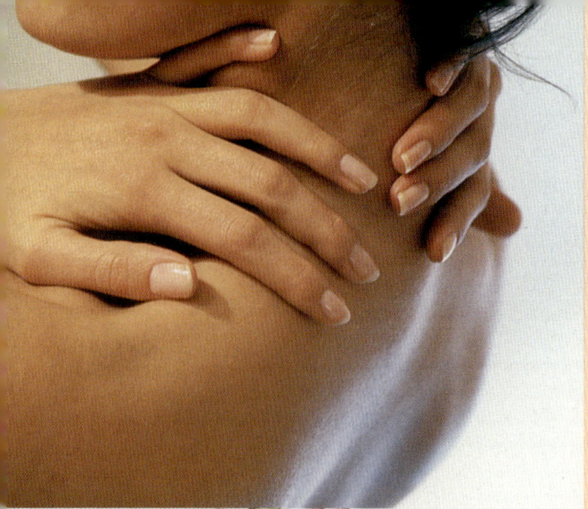

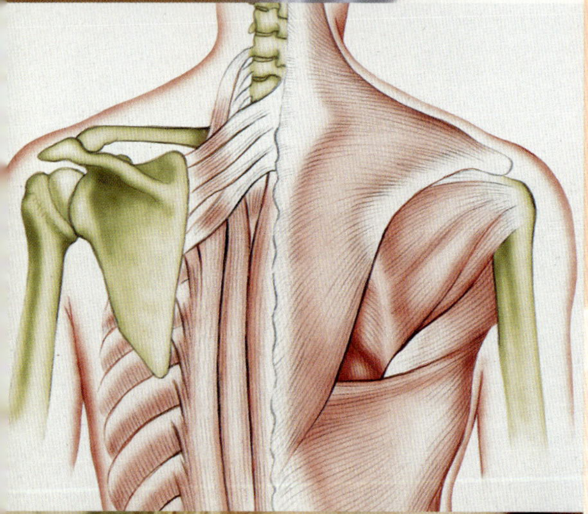

Die Diagnose – nicht einfach

Wie kann man nun sichergehen, ob man an einer Fibromyalgie leidet oder nicht? Die Beschwerden der Fibromyalgie machen die Diagnose nicht gerade leicht. Dazu kommt, dass praktisch keine Laborbefunde vorliegen, die es dem Arzt erleichtern, sich ein klares Bild zu machen.
Wie kann man bei der Vielzahl der Beschwerden und der unterschiedlichen Sensibilität der Druckpunkte also sicher sein, ob wirklich eine Fibromyalgie vorliegt?

Schmerzen, die mehr als drei Monate anhalten und mehrere Körperbereiche betreffen, sowie eine bestimmte Anzahl von druckschmerzhaften Punkten charakterisieren die Krankheit Fibromyalgie.

Unterschiedliche Diagnosekriterien

Es gibt inzwischen verschiedene, relativ klare Richtlinien, die jeden Arzt in die Lage versetzen, innerhalb kürzester Zeit eine Fibromyalgie sicher zu diagnostizieren.

Die amerikanische Diagnose

Am bekanntesten ist die amerikanische Definition (American College of Rheumatology) von 1990. Nach dieser Norm liegt eine Fibromyalgie dann vor, wenn folgende zwei Kriterien erfüllt sind:

Die Kriterien

- In der Vorgeschichte wird über weit verbreitete Schmerzen von mehr als drei Monaten Dauer geklagt. Als weit verbreitet gelten Schmerzen, wenn sie sowohl im Wirbelsäulenbereich (vor allem an Lenden- und Halswirbelsäule) als auch in beiden Armen und Beinen auftreten.
- Mindestens 11 von 18 Druckpunkten sind bei einer Druckintensität von vier Kilopond deutlich schmerzempfindlich.

Die Diagnose im deutschsprachigen Raum

Im deutschen Sprachbereich fand sich noch eine andere Definition mit zwei Haupt- und zwei Nebenkriterien. Die Diagnose ist dann eindeutig, wenn entweder beide Hauptkriterien oder in Zweifelsfällen zusätzlich eines der Nebenkriterien erfüllt sind.

Hauptkriterien

- Schmerzen über mehr als drei Monate im Rücken und in zwei weiteren verschiedenen Körperbereichen (Armen oder Beinen)
- Schmerzen in mindestens 12 von 24 Druckpunkten bei einem Druck von vier Kilopond Daumendruck (bzw. zwei Kilopond mit einem Dolorimeter)

Nebenkriterien

- Mindestens sieben der folgenden 14 Beschwerden liegen vor: Kalte Akren (Hände, Füße bzw. Nasenspitze), Mundtrockenheit,

info

Statt von »Fibromyalgie«, spricht man oft auch von »Fibromyalgie-Syndrom«. Damit möchte man ausdrücken, dass das Krankheitsbild nicht eine einzige klare Ursache hat (z. B. Infektion). Es handelt sich vielmehr um eine Symptomatik, die aus vielfältigen Gründen entstehen kann. In den letzten Jahren hat sich die amerikanische Form der Diagnosestellung weltweit durchgesetzt, obwohl ich persönlich die deutschen Diagnosekriterien als präziser empfinde. Die Diskussion über eine optimale Definition der Krankheit ist jedoch noch nicht abgeschlossen.

Eine Selbstdiagnose der Fibromyalgie ist nicht möglich! Mit den beschriebenen Fragen kann man jedoch den Verdacht auf eine Fibromyalgie erhärten. Die anschließende Überprüfung durch einen Fachmann ist jedoch unumgänglich.

vermehrtes Schwitzen, Kreislaufprobleme (Schwindel, niedriger Blutdruck), Zittern der Hände, Schlafstörungen, Darmbeschwerden, Kloßgefühl im Hals, Atembeschwerden, Herzbeschwerden, Missempfindungen (z. B. Taubheitsgefühl oder Überempfindlichkeit der Haut), Blasenbeschwerden, Kopfschmerzen, Migräne

- Depressive Verstimmungen oder seelische Beeinträchtigungen

Testen Sie sich selbst

Fibromyalgie ist ein klar umrissenes Krankheitsbild. Ein erfahrener Arzt kann die Diagnose schnell und sicher stellen. Er braucht eine genaue Vorgeschichte, wird einige Fragen stellen und eine körperliche Untersuchung durchführen. Eventuell wird er auch Laboruntersuchungen veranlassen. Das ist alles! Leider sind auf diesem Gebiet erfahrene Ärzte selten. Man ist daher als Betroffener manchmal darauf angewiesen, eine erste »Verdachts«-Diagnose zu stellen.

info

Die Druckempfindlichkeit der tender points ist nicht immer gleich hoch. In Zeiten von ausgeprägten Beschwerden sind diese wesentlich empfindlicher als in Zeiten, in denen es dem Patienten vergleichsweise gut geht. Dies ist wichtig zu wissen, da diese Tatsache manchmal bei der Diagnosestellung zusätzlich verwirrt.

Leiden Sie an Fibromyalgie?

Beantworten Sie bitte die folgenden Fragen.

- Leiden Sie schon seit mehr als drei Monaten unter diffusen Schmerzen?
- Haben Sie Rückenschmerzen?
- Leiden Sie auch unter Schmerzen in Armen oder Beinen?
- Tasten Sie nach den Druckpunkten: Ist die Hälfte davon deutlich druckempfindlich?

Wenn Sie bisher alle Fragen mit Ja beantwortet haben, dann ist das Vorliegen einer Fibromyalgie bereits wahrscheinlich.

Falls Sie bei einer Frage mit Nein geantwortet haben, beantworten Sie bitte zusätzlich die folgenden beiden Fragen.

- Leiden Sie auffallend häufig unter schlechter Stimmung oder Depressionen?
- Leiden Sie an der Mehrzahl der folgenden Beschwerden: Kalte Akren (Hände, Füße bzw. Nasenspitze), Mundtrockenheit, ver-

mehrtes Schwitzen, Kreislaufprobleme (Schwindel, niedriger Blutdruck), Zittern der Hände, Schlafstörungen, Darmbeschwerden, Kloßgefühl im Hals, Atembeschwerden, Herzbeschwerden, Missempfindungen (z. B. Taubheitsgefühl oder Überempfindlichkeit der Haut), Blasenbeschwerden, Kopfschmerzen oder Migräne? Eine Fibromyalgie ist wahrscheinlich, wenn Sie entweder Stimmungsschwankungen haben oder die Mehrzahl der aufgeführten Symptome aufweisen.

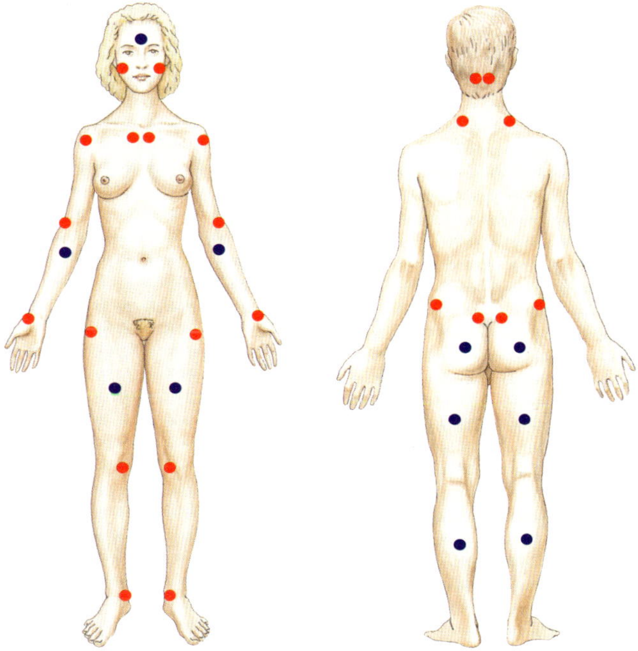

Die rot eingezeichneten Punkte sind in der Regel erheblich schmerzhafter als die blauen, die daher auch als normale Kontrollpunkte verwendet werden. Allerdings gibt es Patienten, die buchstäblich »überall« unter Schmerzen leiden, d. h. auch die blauen Stellen sind betroffen.

Unsicherheiten bleiben

Bei beiden Definitionen ist immer zu bedenken, dass bei der Diagnose einer primären Fibromyalgie, also der häufigsten Form, die üblichen Laboruntersuchungen und bildgebende Verfahren (z. B. Röntgen, CT usw.) normale Befunde ergeben. Doch bei jeder noch so genauen Definition ist zu berücksichtigen, dass dies immer nur Versuche sind, ein Krankheitsbild einzugrenzen, das von Natur aus vielschichtig und mehrdeutig ist. Die Grenze ist nicht scharf gezogen, Übergänge und Teilerkrankungen sind verbreitet. So gibt es auch Krankheitsfälle, bei denen zwar nur wenige tender points, dafür aber umso mehr andere Symptome vorhanden sind, so dass an der Diagnose nicht zu zweifeln ist.

Möglicherweise verunsichert Sie die Beschreibung der Schmerzpunkte. Vielleicht kennen Sie eine Zeichnung, auf der die Punkte etwas anders dargestellt sind, oder Sie tasten die Punkte bei sich ein wenig anders als in der Abbildung. Das ist nichts Ungewöhnliches. Da die Punkte in Weichteile eingebettet sind, kann man sie nicht so exakt festlegen wie eine Stelle auf einem Knochen. Unterschiede von Mensch zu Mensch sind normal.

Es gibt seltene Fälle von Fibromyalgie, bei denen keine schmerzhaften tender points vorliegen.

Sicher ist sicher – die Differenzialdiagnose

→ Tipp

Wenn Sie eine sichere Diagnose wünschen, können Sie sich an Ihren Hausarzt wenden, der Sie möglicherweise an einen Rheumatologen überweist. Dieser wird nach einer Reihe von Untersuchungen (körperlich, Labor, ggf. Röntgen) eine Diagnose stellen.

Da eine Fibromyalgie mit vielen verschiedenen Symptomen auftritt, ist sie leicht mit anderen Krankheiten zu verwechseln. Daher ist nicht nur bei der Diagnose erhöhte Sorgfalt anzuwenden. Man muss auch sicherstellen, dass nicht vielleicht eine andere Krankheit mit ähnlichen Symptomen vorliegt.

Diagnose selbst gestellt

Sollten bei Ihnen ein oder mehrere der folgenden Symptome oder Befunde vorliegen, dann haben Sie höchstwahrscheinlich keine primäre Fibromyalgie. (In diesem Fall sollten Sie sich weiter untersuchen lassen, um zu einer korrekten Diagnose zu kommen.)

- Dauerhafte Entzündungszeichen im Blut
- Klare Veränderungen in Röntgenbildern, im Computertomogramm, bei der Ultraschalluntersuchung usw.
- Lang anhaltendes Fieber (über 38 °C), sichtbare Rötungen der Haut, ausgeprägte Muskelschwäche, Lähmungen, Überwärmung um die Gelenke herum oder Schmerzen in (!) den Gelenken, Formveränderungen von Muskulatur oder Gelenken

In diesen Fällen könnte eine der folgenden Erkrankungen vorliegen. Eine Reihe von ihnen ist vor allem durch begleitende Entzündungen bzw. typische Laborveränderungen charakterisiert:

- Polymyalgia rheumatica
- Muskelentzündungen
- Erkrankungen des Bindegewebes: Sjögren-Syndrom, Lupus erythematodes, Polymyositis, Dermatomyositis u. Ä.

- Rheumatoide Arthritis (entzündliches Gelenkrheuma)
- Hormonelle Erkrankungen: Unter- und Überfunktion von Schilddrüse und Nebennieren oder Überfunktion der Nebenschilddrüsen
- Infektionen, z. B. mit Epstein-Barr-, Hepatitisvirus, Borrelien

Ein rheumatologisch versierter Arzt wird diese Krankheiten anhand der Laborwerte leicht diagnostizieren können. Bevor eine Laboruntersuchung auf die richtige Spur führt, können einige der genannten Erkrankungen allerdings einer Fibromyalgie zum Verwechseln ähnlich sein. Man spricht dann von einer sekundären Fibromyalgie, d. h., sie wird durch eine andere Erkrankung hervorgerufen.

Männer sind anders

Fibromyalgie betrifft zu zehn Prozent auch Männer. Sie haben oft eine etwas andere Symptomatik und nicht so vielfältige Beschwerden wie Frauen. Schmerzen, Abgeschlagenheit sowie Stimmungsschwankungen stehen bei Männern meist im Vordergrund. Häufig sind sie sehr stark von dem Krankheitsbild betroffen. Die tender points sind bei Männern oft nicht so eindeutig schmerzempfindlich, was die Diagnosestellung erschwert.

Larvierte Depression?

Da die Fibromyalgie meist mit ausgeprägten Stimmungsschwankungen einhergeht, taucht immer wieder die Frage auf, ob es sich bei der Erkrankung vielleicht um eine spezielle Art der Depression handelt, um eine so genannte larvierte (verkleidete) Depression. Bei dieser Form der Depression steht nicht die Niedergeschlagenheit im Vordergrund, sondern eine Vielfalt körperlicher Beschwerden: Kopf- und Bauchschmerzen, Mundtrockenheit, Herzbeschwerden u. v. m. Hier ist eine Abgrenzung in der Tat schwierig. Besonders gilt dies bei Patienten, die bereits früher zu depressiven Stimmungslagen neigten und nun Zeichen einer Fibromyalgie zeigen.

info

Unter einer »larvierten« Depression versteht man eine Symptomatik, bei der sich eine Depression hinter zahlreichen körperlichen Beschwerden »versteckt«. Einige Schmerzforscher lehnen diesen Begriff ab. Es macht für sie keinen Sinn von einer Depression zu sprechen, wenn das Hauptsymptom der Depression fehlt.

Extreme Stimmungsschwankungen sind eine Begleiterscheinung der Fibromyalgie. Darum stellt sich der Patient zu Recht die Frage, ob er nicht doch an einer Form von Depression leidet. Auch wenn die Seele nicht die alleinige Ursache der Beschwerden ist, können verständnisvolle Gespräche durch den Hausarzt oder einen Psychotherapeuten bei der Schmerzbewältigung hilfreich sein.

Zusammenspiel von Seele und Körper

- Vielen Fibromyalgiepatienten wird nach einer Untersuchung mitgeteilt, sie seien organisch gesund und würden sich die Beschwerden »bloß einbilden«. Dies ist für die Betroffenen oft ein schwerer Schlag, da nun zu den Schmerzen auch häufig Schuldgefühle hinzukommen.
- Dies ist natürlich barer Unsinn. Schmerzen sind ein subjektives Erlebnis. Wer Schmerzen hat, der hat Schmerzen. Es gibt keine »eingebildeten Schmerzen«, man kann höchstens lügen.
- Das Verhältnis zwischen Körper und Seele ist bei Schmerzen äußerst komplex und steht in engem Wechselspiel. Fast alle lang anhaltenden Schmerzen beeinflussen das seelische Erleben und führen meist zu Depressionen, Schlafstörungen und Abgeschlagenheit. Doch auch umgekehrt neigen Menschen mit Depressionen häufig zu einer intensiveren Schmerzempfindlichkeit.
- Einen weiteren Faktor stellen Ängste dar. Wer anhaltend unter Schmerzen leidet, wird häufiger ängstlich oder schreckhaft. Besonders beunruhigen die vielfältigen körperlichen Beschwerden, wenn dafür keine befriedigende Ursache gefunden wird.
- Angst und Depressivität ist also zum einen Folge des Fibromyalgie-Syndroms und gleichzeitig erhöht beides die Schmerzempfindlichkeit.

Tender points als Unterscheidungsmerkmal

Auch wenn Ähnlichkeiten unübersehbar und Überschneidungen möglich sind, nimmt die Mehrzahl der Fachleute an, dass sich die Fibromyalgie von der larvierten Depression unterscheidet. Die körperlichen Beschwerden bei der Depression sind meist wechselnder, diffuser und schwerer eingrenzbar als bei der Fibromyalgie.

Eindeutig ist aber: Bei der Depression fehlen die schmerzhaften »tender points«.

Muskelschmerzen durch Medikamente

Muskelschmerzen oder grippeähnliche Beschwerden können auch durch Medikamente verursacht werden. Unter dem Stichwort »Gelenkschmerzen« und »Muskelschmerzen« finden sich hunderte von Eintragungen in medizinischen Datenbanken, in denen es um die Nebenwirkungen von Medikamenten geht. Bei dutzenden von Präparaten ist dies nicht nur eine theoretische Chance, die einen unter Millionen von Anwendern trifft. Oft sind mehr als 10 Prozent der Patienten betroffen. Wichtig ist es daher vor allem, an die Möglichkeit zu denken, dass auch ein Medikament hinter den Beschwerden stecken kann. Ein Blick in die Begleitinformation des Präparates ist hier hilfreich. Allerdings werden hier häufige und seltene Beschwerden oft nicht ausreichend unterschieden, so dass auch nach der Lektüre der Medikameninformation noch Unsicherheit besteht.
Besonders für Menschen, die mehrere Medikamente gleichzeitig einnehmen, lohnt sich ein Blick in das Kleingedruckte. Falls hier bei mehreren Tabletten von Muskel- und Gelenkschmerzen die Rede ist, wäre ein Gespräch mit dem Hausarzt angebracht.

Ein Grund zur Besorgnis?

Falls Sie ein Präparat einnehmen, das im nebenstehenden Kasten aufgeführt ist, brauchen Sie nicht zu befürchten, unweigerlich eine sekundäre Fibromyalgie zu bekommen. Das geschieht glücklicherweise nur in sehr seltenen Fällen. Anders ist es jedoch, wenn Sie bereits unter den typischen Beschwerden einer Fibromyalgie leiden und gleichzeitig eines der erwähnten Medikamente einnehmen. Dann sollten Sie dieses absetzen. Möglicherweise lösen sich dar-

info

Als Auslöser für Muskelschmerzen kommen u.a. folgende Medikamente infrage:

- Cholesterinsenker (Clofibrate, Lovastatin)
- Narkosemittel
- Harntreibende Medikamente (Bumetamid, Metolazon)
- Asthmamittel (Salbutamol)
- Gichtmittel (Allopurinol)
- Brechmittel (Emetin)
- Blutstillende Mittel (Epsilon-Aminocapronsäure)
- Rheumamittel (D-Penizillamin)
- Malariamittel (Chloroquin)

aufhin Ihre Beschwerden in kürzester Zeit auf. Selbstverständlich sollten Sie sich hierbei mit Ihrem behandelnden Arzt absprechen, ob das Medikament gegebenenfalls durch ein anderes ersetzt werden sollte.

Das chronische Erschöpfungssyndrom CFS und die Fibromyalgie ähneln sich in einigen Punkten. Wie nah die beiden Krankheiten verwandt sind, ist jedoch noch nicht geklärt.

Schmerzen aus dem Muskel

Besonders in den USA wird das so genannte myofasziale Schmerzsyndrom viel diskutiert. Auch bei dieser Krankheit treten heftige Schmerzen in der Muskulatur ohne wesentliche Veränderungen der Laborwerte auf. Allerdings haben diese ihren Ursprung in tastbar verhärteten Muskelbezirken (den so genannten trigger points, siehe Seite 19) und strahlen von dort in andere Bezirke aus. Das Beschwerdebild kann ähnlich wie bei der Fibromyalgie zahlreiche weitere Symptome umfassen.

→ Tipp

Lesen Sie genau die Packungsbeilage der Medikamente, die Sie zurzeit einnehmen. Kennen Sie eigentlich deren Nebenwirkungen? Könnten eventuell einige Ihrer Beschwerden auf sie zurückzuführen sein?

CFS – immer müde

Ein weiteres verwandtes Krankheitsbild machte in den letzten Jahren Schlagzeilen: das chronische Erschöpfungssyndrom (chronic fatigue syndrome = CFS). Im Vordergrund dieser Erkrankung stehen massive Müdigkeit und Ermattung, die nicht durch eine besondere Belastung erklärbar sind und zu einer ganz erheblichen Einschränkung der gewohnten Beweglichkeit und Leistungsfähigkeit führen. Die Patienten fühlen sich unendlich erschöpft und finden selbst nach langem Schlaf keine Erholung. Depressive Verstimmungen sind die Regel. Daneben leiden sie meist unter Konzentrationsstörungen, Halsschmerzen (z. B. Schluckbeschwerden), Lymphknotenschwellungen im Hals- und Achselbereich, Kopfschmerzen, Gelenkbeschwerden und unter leicht erhöhter Temperatur. Vor allem die hochgradige Mattigkeit und die depressive Verstimmung der Patienten ließen manche Forscher vermuten, das CFS und die Fibromyalgie könnten unterschiedliche Formen einer einzigen dahinter liegenden, noch unbekannten Krankheit sein. Diese Diskussion ist noch nicht beendet.

Unterschiede – Gemeinsamkeiten

Im Gegensatz zur Fibromyalgie bildet sich das Krankheitsbild des CFS meist rasch aus. Es ist meist von leicht erhöhten Temperaturen (bis etwa 38,6 °C), Lymphknotenschwellungen und Rachenentzündungen begleitet. Die Patienten klagen eher über Gelenk- als über Muskelschmerzen. Es gibt auch Gemeinsamkeiten: Vor allem die hochgradige Abgeschlagenheit und die vielen vegetativen Beschwerden machen es schwer, die beiden Krankheiten auseinander zu halten. Ich persönlich habe den Eindruck gewonnen, dass Männer eher unter CFS leiden.

Die Ursache des chronischen Erschöpfungssyndroms ist unbekannt. Am wahrscheinlichsten ist eine komplexe Störung des Immunsystems. Man nimmt an, dass Viren (z.B. Epstein-Barr-Virus), Pilze (z.B. Candida albicans) oder die von Zecken übertragenen Borrelien bei der Entstehung eine Rolle spielen. Die Therapie ist symptomatisch und ähnelt der Behandlung einer Fibromyalgie.

Fibromyalgiediagnose auf einen Blick

- Fibromyalgie oder besser das Fibromyalgie-Syndrom ist ein relativ häufiges chronisches Schmerzsyndrom, das mit Ganzkörperschmerzen, Schlafstörungen, Abgeschlagenheit, Müdigkeit, vegetativen Beschwerden, Angst und Depressivität einhergeht.
- Besonders empfindlich sind sogenannte »tender-points«, die sich oft mit Muskel-Sehnen-Übergängen oder Nervenaustrittsstellen decken.
- Die Erkrankung, die vor allem Frauen betrifft, verläuft in der Regel chronisch über Jahre oder Jahrzehnte hinweg. Trotz der hohen Dauer gibt es keine Spätschäden, Besserungen sind häufig.
- Da alle gängigen Laboruntersuchungen unauffällig sind, stützt sich die Diagnose auf die typischen Schmerzen sowie die tender points, gegebenenfalls auch auf die begleitenden vegetativen Beschwerden und Stimmungsschwankungen.
- Die Erkrankung kann meist klar von anderen Krankheitsbildern abgegrenzt werden.

Die Ursachen der Fibromyalgie

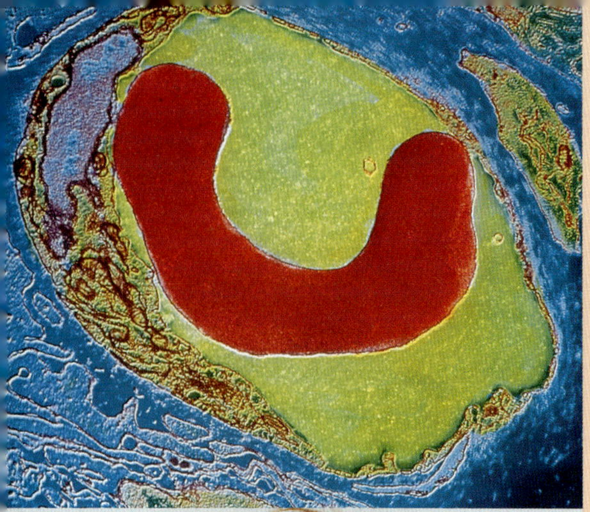

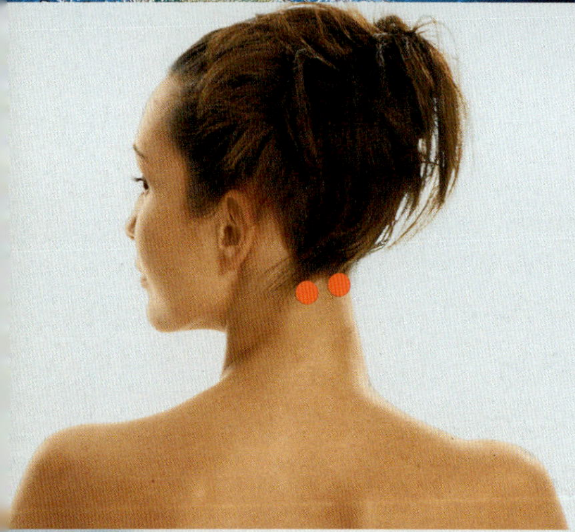

Für eine Fibromyalgie gibt es weder eine konkrete Einzelursache, noch ein einzelnes Symptom, das die Diagnose zweifelsfrei erlauben würde. So vielfältig ihr Erscheinungsbild ist, so vielfältig können ihre Ursachen sein. Fibromyalgie entsteht aus vielen Einzelfaktoren, die bei jedem unterschiedlich und mit verschiedenen Folgen zusammenwirken. Die Krankheit ist vermutlich eine unglückliche Verkettung von fehlgesteuerten Regelkreisen.

Muskulaturprobleme, Durchblutungsstörungen (oben: Kapillarquerschnitt), Magen-Darm-Störungen (u .a. durch falsche Ernährung) sowie Lymphstauungen können auftreten.

Muskulaturprobleme

Bei der Fibromyalgie bereitet eine Vielzahl von Muskeln Beschwerden, doch keineswegs alle Muskeln. Es sind immer wieder nur einige bestimmte, die von der Erkrankung befallen werden. Eine entscheidende Frage lautet daher: Gibt es einen Unterschied zwischen diesen Muskeln und denen, die keine Probleme machen?

Schonung ist Überforderung

Als man begann, die von der Fibromyalgie betroffenen Muskeln nach ihrer Funktion zu untersuchen, stellte man fest, dass es sich überwiegend um die Muskulatur handelt, die den Körper aufrichtet.
Auf den ersten Blick erscheint es widersinnig, dass ausgerechnet die Muskulatur Schmerzen bereitet, die in unserer Zeit so wenig gefordert ist. Wir schonen doch meist unseren Bewegungsapparat. Oder erkranken etwa nur diejenigen Frauen und Männer, die Schwerarbeit verrichten müssen? Ganz im Gegenteil: Es sind nicht in erster Linie körperlich hart arbeitende Menschen, die an der Fibromyalgie erkranken, sondern Büroangestellte, Beamte und Hausfrauen.
Eine Schonung führt keineswegs zu einer Entlastung der Muskulatur. Mangelndes Training bewirkt vielmehr eine viel zu geringe Ausbildung der stützenden Muskeln.
So kommt es, dass für die tägliche Arbeit weniger Muskeln zur Verfügung stehen. Ein untrainierter Büroangestellter ist folglich bei einer vergleichbaren Tätigkeit höher belastet als ein durchtrainierter Sportler. Die überforderten Muskeln verhärten sich dann oder bereiten in anderer Weise Beschwerden.

info

Bei elektronenmikroskopischen Untersuchungen der Muskulatur zeigen sich erhebliche Unterschiede zwischen Fibromyalgiepatienten und Gesunden. Doch diese Unterschiede erklären sich ausschließlich durch die schmerzbedingte Schonung.

Fehlhaltungen

Zu schwache Muskeln führen zu einer zweiten, fast unweigerlichen Konsequenz. Fehlt die richtige Muskulatur im Rücken- und Beckenbereich, sacken wir in uns zusammen und zeigen eine schlechte Haltung: Der Rücken wird rund, das Becken kippt kraftlos nach hinten, die Schultern sacken nach vorn usw. Gefördert wird dies durch sitzende Tätigkeit auf ungeeigneten Stühlen in falscher Position. Die Konsequenz heißt wiederum: Überforderung der falsch belasteten Muskulatur.

Belastendes Übergewicht

Es gibt noch einen zusätzlichen Faktor, der sich unheilvoll auf die Wirbelsäule auswirkt: das Übergewicht. Zu viel Speck ist bekanntlich nicht gesund. Für die Wirbelsäule hat Übergewicht noch eine ganz spezielle Bedeutung. Wenn der Oberkörper bewegt wird, bildet die Wirbelsäule das Scharnier bzw. die Drehachse, um die herum diese Bewegung stattfindet. Diese Achse sitzt nun aber nicht in der Mitte unseres Körpers, sondern weit am Rand, eben im Rücken, und diese Tatsache hat Konsequenzen. Unser Körpergewicht zieht uns nach vorn. Man kann sich das Ganze wie eine Balkenwaage oder Wippe vorstellen. Das Körpergewicht zieht am relativ langen Lastarm vor der Wirbelsäule und kippt ihn nach vorn. Auf der anderen Seite greift die Rückenmuskulatur an und versucht, den Oberkörper wieder aufzurichten. Das Problem entsteht, weil die Einwirkung der Rücken-

info

Am häufigsten beginnen die Schmerzen bei Fibromyalgie in der Hals- oder Lendenwirbelsäule. Anfänglich treten sie nur nach Belastung auf. Später stellt sich ein Dauerschmerz ein, der sich langsam über den Körper ausbreitet.

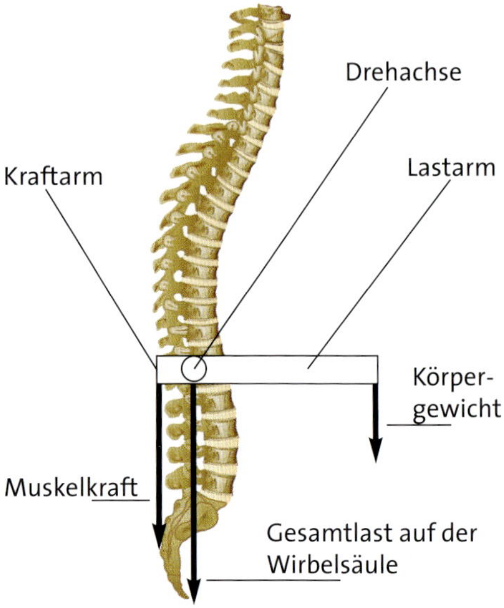

Das Kräfteparallelogramm zeigt, wie belastend ein dicker Bauch für die Wirbelsäule ist: Der Bauch wirkt auf den längeren Hebel, so dass eine vergleichsweise hohe Muskelkraft nötig ist, um die Wirbelsäule stabil zu halten. Beide Kräfte addieren sich zu einer hohen Gesamtlast, die die Bandscheiben schädigen kann.

muskulatur mechanisch sehr ungünstig über einen kurzen Hebelarm erfolgt, während das Körpergewicht relativ weit vorn am langen Hebel ansetzt. Die Gesamtlast, die auf die Wirbelsäule einwirkt, setzt sich somit aus dem Körpergewicht und der Gegenkraft im Rücken zusammen. Am meisten belastet dies naturgemäß die Körperteile, die dem Drehpunkt am nächsten sind, d. h. die Bestandteile der Wirbelsäule, speziell die Bandscheiben.

Hohlkreuz oder Muskelzuwachs

Wenn das Körpergewicht zunimmt, gibt es für den Organismus zwei Möglichkeiten, der höheren Kraft entgegenzuwirken.

- Die Rückenmuskulatur muss weit überproportional anwachsen, damit das Gewicht den Körper nicht nach vorn zieht. Damit nimmt aber gleichzeitig die auf die Bandscheiben wirkende Kraft drastisch zu.
- Die zweite Ausgleichsmöglichkeit ist eine Schwerpunktverlagerung nach hinten, was ein Hohlkreuz zur Folge hat.

In beiden Fällen werden die Wirbelsäule und damit auch die Rückenmuskeln vermehrt in Anspruch genommen. Wenn Sie also ein paar Kilogramm zunehmen, belasten Sie damit Ihre Bandscheiben mit einem Vielfachen dieser Gewichtszunahme. Gleichen Sie die Mehrbelastung nicht durch eine kräftigere Rückenmuskulatur aus, werden Sie automatisch ins Hohlkreuz gehen und damit auf Dauer eine Fehlhaltung ausbilden.

Muskeln selbst sind gesund

Auf der Suche nach einer Erklärung für die vehementen Muskelschmerzen untersuchte man die betroffenen Muskel-Sehnen-Übergänge von vielen Fibromyalgiepatienten. Nahe liegend, dass man hier Veränderungen vermutete. Doch diese Regionen zeigen lediglich die Zeichen der Schonung ohne sonstige Entzündungen oder anderen Auffälligkeiten.

→ Tipp

Dem fatalen Zusammenhang zwischen Übergewicht und Rückenproblemen kann man auch eine positive Seite abgewinnen: Jeder noch so geringe Gewichtsverlust, d. h. jedes Pfund weniger, wirkt sich außerordentlich günstig auf den Rücken aus.

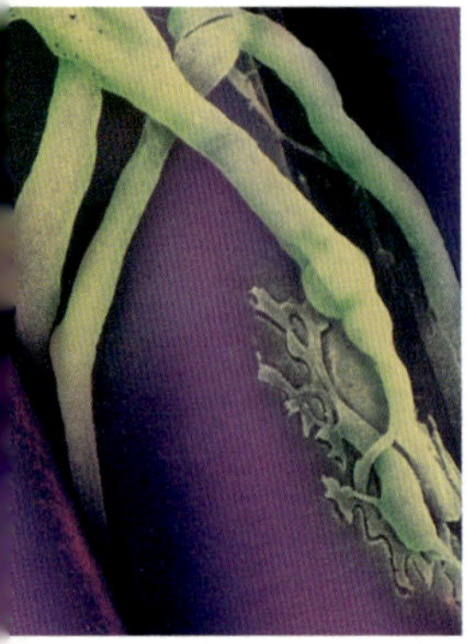

Die Ausläufer der Nervenzellen (gelb) liegen mit ihren plattenähnlichen Enden auf den Muskelsträngen (lila) auf und übertragen dort die Erregungssignale.

Lediglich bei der mikroskopischen Untersuchung zeigten sich einzelne, kleinere Auffälligkeiten. Es bleibt jedoch unklar, ob dies nicht auf die Schonung der Muskeln zurückzuführen ist. Wenn nun aber die Muskeln in ihrer Struktur nicht geschädigt sind, wie kann dann ihre Funktion beeinträchtigt sein? Hier wurde man schließlich fündig!

Steuerung durch Nerven

Muskeln werden nicht von selbst tätig, sie werden durch Nerven gesteuert. Diese liefern die Informationen bzw. erteilen dem Muskel den Befehl, sich zusammenzuziehen. Medizinisch werden sie als Alpha-Motoneurone bezeichnet. Diese »Kabel« entspringen dem Rückenmark und verlaufen bis zu den Muskeln. Diese wichtigen Nerven erhalten ihre Befehle aus dem Gehirn. Um aber richtig zu funktionieren, muss über die geleistete Arbeit ständig Rückmeldung an das Gehirn erstattet werden. Eine Fülle von Informationen wird von einem ganzen Bündel von sensiblen Fasern geliefert, die der Muskulatur, den Sehnen, der Haut und den Gelenken entspringen. Diese Daten werden zur ersten großen Schaltstelle, dem Rückenmark, geleitet. Ein Teil dieser Informationen kann bereits dort verarbeitet werden, andere werden in höhere Zentren weitergeleitet: in den Hirnstamm, das Zwischenhirn oder das Kleinhirn. Nur ein kleiner Teil erreicht endlich unser Bewusstsein.

info

»Das geht mir aber auf die Nerven!« oder »Schön die Nerven behalten!« In unserer Sprache drücken solche Redewendungen ganz klar die Beziehungen der Nerven in ihrer Funktion als Reiz- und Informationsübermittler zu unserem Allgemeinbefinden aus. Meistens werden diese Zusammenhänge gar nicht mehr bewusst wahrgenommen.

Sinnvolle Arbeitsteilung

Weshalb ist eine so komplizierte Aufgabenteilung notwendig? Unser Bewusstsein soll sich auf wesentliche Fakten konzentrieren, alles, was automatisch, reflexhaft ablaufen kann, soll auch so ablaufen. Unwichtiges wird an die untergeordneten Zentren delegiert. Andernfalls sähe es vielleicht so aus, wenn Sie eine Seite eines Buchs umblättern wollen: »Augen nach rechts unten, rechte Hand um 20 Grad gegen den Uhrzeigersinn gedreht, linker Zeigefinger um 30 Grad nach oben und um zwei Zentimeter nach vorn, Absenken auf das oberste Blatt« usw. Auf diese Weise wäre Ihr Denken vollständig von einer hoch komplizierten Kette von Einzelbefehlen in Anspruch genommen. Zum Verständnis des zu lesenden Textes hätte es keine freie Kapazität mehr. Die reflexhafte Verarbeitung solcher Selbstverständlichkeiten degradiert diese zu Nebensächlichkeiten und hält den Denkapparat für Wichtiges frei.

Erhöhte Empfindlichkeit der sensiblen Nervenfasern

Bei den Fibromyalgiepatienten fand man eine erhöhte Empfindlichkeit der sensiblen Fasern. Besonders Nerven, die Schmerz, Anspannung und andere Schädigungen übertragen, scheinen früher zu reagieren, als dies bei nicht betroffenen Menschen der Fall ist. Die Messfühler für die eigene Person (so genannte Nozizeptoren) werden durch Hitze, Kälte, Druck oder Vibration erregt. Daneben reagieren sie auch auf verschiedene chemische Substanzen: Serotonin, Bradykinin, Kaliumionen, Prostaglandine, Interleukin-1, Substanz P u. a. Hierbei handelt es sich vor allem um Wirkstoffe, die bei Entzündungen im Körper freigesetzt werden.

Reizüberflutung

Diese Veränderungen führen zu einer Veränderung unserer Reizverarbeitung. Immer mehr Informationen erreichen das Gehirn und das Bewusstsein und müssen dort bearbeitet werden. Man spricht in diesem Zusammenhang auch von einer Absenkung der Reizschwelle.
Es ist so, also ob der Filter defekt wäre, der unser Gehirn vor überflüssigen Informationen beschützt. Die Betroffenen leiden nun unter einem Bombardement von Eindrücken, aus allen Sinnesorganen. Fibromyalgiepatienten sind daher nicht nur vermehrt schmerzempfindlich. Sie sind auch überempfindlich gegenüber Berührung,

info

Es gibt nicht nur Nerven, die Schmerzen übertragen, wir verfügen gleichzeitig noch über ein System, das unnötige Schmerzen hemmt. Durch Dauerschmerzen kommt es zu einem Verlust dieser Schmerzhemmung. Auf diese Weise empfindet man immer geringere Reize bereits schon als Schmerz – bis schließlich »alles« wehtut.

Nervenreize und Verspannungen

- Sensible Fasern der Haut und von inneren Organen führen gleichfalls bis ins Rückenmark. Die Daten aus diesen Nerven werden in den gleichen Zentren verarbeitet wie die Informationen aus der Muskulatur selbst. Dies hat Folgen: Auch Störungen der Haut oder der inneren Organe können so den Spannungszustand der Muskeln beeinflussen.
- Ein leicht nachvollziehbares Beispiel: Ein ständiger kalter Luftzug auf den Nacken kann zu einer höchst unangenehmen Muskelverspannung führen. In ähnlicher Weise können chronische Bauchschmerzen zu Rückenbeschwerden führen.
- Dieser Zusammenhang lässt sich therapeutisch nutzen: Eine Wärmflasche oder Rotlicht wirkt deshalb so wohl tuend, weil die Nerven der Haut nun einen beruhigenden und entspannenden Impuls an die Nerven der Muskulatur weitergeben. Die verspannte Muskelgruppe selbst muss also nicht erwärmt werden.

Es gibt Menschen, die sogar das vegetative Nervensystem beeinflussen können. Man denke z. B. an chinesische Mönche, die durch bestimmte Meditationspraktiken ihre Körperfunktionen auf ein Minimum senken können. Für uns ist so etwas fast unmöglich! Alle lebenswichtigen Prozesse geschehen ganz ohne die Befehle des Bewusstseins.

Licht, Lärm, Geruch und Geschmack. Auch das Lage-Sinnesorgan wird irritierbarer und führt so zu Schwindel und Benommenheit.

Sogar die inneren Organe werden intensiver wahrgenommen. Das Herz klopft lauter, der Darm macht Beschwerden und die Füllung der Blase wird früher registriert. In anderen Worten: Die Welt und der eigene Körper werden lauter!

Wer so unter einer ständigen Reizüberflutung leidet, der zieht sich zurück, um sich zu schützen. Man hat es gerne ruhig, meidet die Ansammlung von vielen Menschen, kann es kaum ertragen, wenn mehrere Menschen gleichzeitig sprechen und laute Musik wird zur Qual. Doch was auf den ersten Blick als sinnvolles und logisches Verhalten anmutet, hat einen gravierenden Nachteil. Durch den Rückzug richtet sich die Aufmerksamkeit vermehrt auf die Beschwerden. Der Schmerz wird schlimmer, weil die Ablenkung fehlt.

Unwillkürliche Muskulatur

Neben den bereits erwähnten Nerven gibt es noch das sogenannte vegetative Nervensystem, das seitlich entlang der Wirbelsäule verläuft. Dieses Nervensystem steuert die Körperfunktionen, die unabhängig von unserem Willen ablaufen: also Atmung, Verdauung, Blutkreislauf etc. Man unterscheidet hierbei zwischen dem erregenden Sympathikus, der die jeweiligen Funktionen beschleunigt, und dem Parasympathikus, der sie beruhigt. Es gibt auch Querverbindungen zwischen dem vegetativen System und anderen Muskeln des Körpers. Bei Fibromyalgiepatienten beobachtete man eine erhöhte Ruheaktivität des Sympathikus. Diese Tatsache hat vielfältige Auswirkungen und erklärt wahrscheinlich eine Reihe von Symptomen. U.a. trägt sie auch zur erhöhten Muskelanspannung bei – mit all den Folgen, wie sie oben beschrieben wurden.

Durchblutungsstörungen

Neben einer richtigen Steuerung durch die Nerven benötigt die Muskulatur vor allem beständig Energie. Diese erhalten die Muskeln über das Blut. Zumindest auf den ersten Blick gibt es Anhaltspunkte für die Annahme, dass sich die typischen Muskelschmerzen mit einer Störung der Durchblutung erklären lassen. Fibromyalgiepatienten klagen häufig über kalte Hände und Füße – was ja ein Anzeichen für mangelnde Durchblutung ist.

→ Tipp

Wenn die Zehen abgestorben sind: Ziehen Sie Schuhe und Socken aus, und massieren Sie die betroffenen Stellen vorsichtig. Durch die mechanische Reibung wird die Durchblutung wieder angeregt.

Das Raynaud-Syndrom

Noch eindrucksvoller ist das so genannte Raynaud-Phänomen: Finger oder Zehen werden plötzlich (z. B. bei Kälte oder Aufregung) eiskalt und schneeweiß. Die Durchblutung ist in diesen Fällen vollständig zum Erliegen gekommen – vermutlich wegen eines Gefäßkrampfs. Dieses Beschwerde-

Kapillaren sind die Blutgefäße mit dem kleinsten Innendurchmesser. Sie dienen im menschlichen Körper den Organen zum Gas- und Sauerstoffaustausch, d. h., sie geben Nährstoffe ab und nehmen Stoffwechselendprodukte auf.

bild haben nicht alle Erkrankten, im Rahmen der Fibromyalgie tritt es aber deutlich häufiger auf als bei Personen, die nicht an dieser Krankheit leiden.

Kleinste Adern sind betroffen

Verschiedene Untersuchungen ergaben deutliche Hinweise auf eine Störung der Sauerstoffversorgung der betroffenen Muskulatur. Diese Störung liegt allerdings nicht bei den großen Gefäßen, wie man es von der Arteriosklerose (Gefäßverkalkung) her kennt. Beeinträchtigt sind die ganz kleinen Gefäße: die Arteriolen (kleinste Schlagadern) und die Kapillaren (Haargefäße).

Die Durchblutung der Kapillaren ist bei allen Warmblütern eine komplizierte Angelegenheit. Das größte Problem liegt darin, dass der Durchmesser der roten Blutkörperchen für die Kapillaren eigentlich etwas zu groß ist; sie müssen sich deshalb durch die Haargefäße hindurchquetschen. Der Grund dafür liegt in unserer Entwicklungsgeschichte: In früheren Zeiten waren unsere Kapillaren weitaus dicker, die roten Blutkörperchen fanden bequem darin Platz. Im Lauf der Jahrmillionen stellte sich jedoch heraus, dass dünne Kapillaren von Vorteil sind: Sie haben eine relativ große Oberfläche und ermöglichen so einen besseren Austausch von Sauerstoff und Kohlendioxid. Der Natur war es jedoch nicht möglich, die roten Blutkörperchen im gleichen Maßstab zu verkleinern, wie sie das mit den Blutgefäßen tat.

Alle »Hochleistungsorganismen«, also auch wir Menschen, haben heute diese Form der engen Kapillaren. Die alten, breiten Haargefäße gibt es nur noch bei den langsameren Kaltblütern.

info

Die Kapillaren haben eine unglaubliche Gesamtlänge: Bei einem mittelgroßen Menschen beträgt sie ca. 100 000 Kilometer und ihre Oberfläche 6000 bis 7000 Quadratmeter! Die Geschwindigkeit des Kapillarstroms ist sehr gering; dadurch wird der Stoffaustausch des Bluts gefördert.

Der Preis der Beweglichkeit

Diese neue Art der Durchblutung, die zu schnellen, kraftvollen Reaktionen befähigte, wurde jedoch mit einem offensichtlichen Nachteil erkauft: Die Kapillaren neigen zu Verstopfung; je kleiner sie sind,

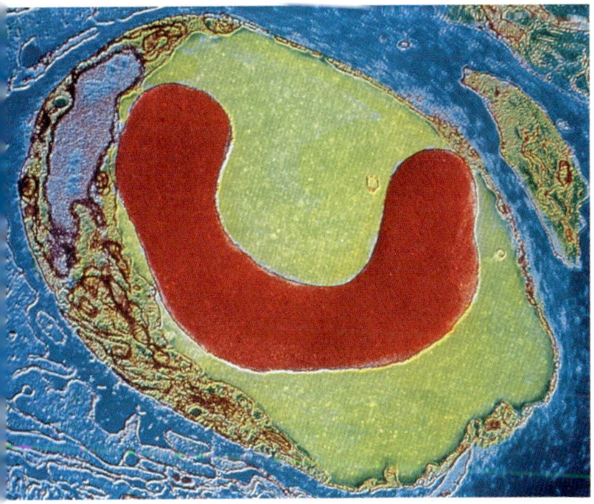

Ein rotes Blutkörperchen (rot; hier quer angeschnitten) kann sich erheblich verbiegen, um sich durch den Innendurchmesser (gelb) der kleinsten Blutgefäße hindurchzuquetschen. Trotzdem kann es schnell zum Stau kommen.

desto mehr. Um dies zu verhindern, wurden verschiedene Ausgleichsmechanismen entwickelt. Beispielsweise stoßen sich die roten Blutkörperchen aufgrund ihrer gleichen elektrischen Ladung gegenseitig ab. Dieser Effekt verhindert, dass sich die Blutkörperchen zu nahe kommen, und sorgt damit für eine gewisse Bewegung in den Kapillaren.
So sinnvoll diese Einrichtung auch ist, ganz einwandfrei funktioniert sie auch nicht immer. Bei verschiedenen Störungen kommt es zu einer Entladung und damit zum »Stau« in den Kapillaren. Die größeren vorgeschalteten Gefäße versuchen dann häufig, die Minderdurchblutung durch eine Weiterstellung auszugleichen. So entsteht eine Mischform aus vermehrter und verminderter Durchblutung.

Die körpereigene Müllabfuhr versagt

In der Summe fließt das Blut nun schlechter und transportiert weniger Nährstoffe und Sauerstoff zur Muskulatur. Ebenso ist der Abtransport der Schlacken gestört, die in den Muskeln zurückbleiben. Einer dieser Abfallstoffe ist die Milchsäure. Früher machte man sie in der Hauptsache für den Muskelkater verantwortlich. Heute sieht man ihre Rolle komplexer – auch im Hinblick auf die Fibromyalgie. Selbst wenn beim Muskelkater wohl noch andere Faktoren dazukommen – eine Störung der Mikrozirkulation ist auf alle Fälle eine Fehlfunktion und könnte eine Erklärung für die Muskelschmerzen sein.

Nach neueren Erkenntnissen macht man Ansammlungen von mikroskopisch kleinen Muskelfaserrissen zusätzlich zu Milchsäureablagerungen für den Muskelkater verantwortlich. Eine endgültige Abklärung der Ursachen steht allerdings noch aus.

Durchblutungsstörungen im Gehirn

Durchblutungsstörungen können jedoch auch in anderen Organen auftreten. So wurde eine Einschränkung der Hirndurchblutung bei der Fibromyalgie gefunden. Es ist denkbar, dass die hochgradige Abgeschlagenheit und Mattigkeit teilweise darauf zurückzuführen sind. Auch die Migräne, die man häufig bei der Fibromyalgie findet, ist bekanntermaßen durch eine Störung der Hirndurchblutung (mit-)bedingt.

info

Nicht nur falsche Ess- und Ernährungsgewohnheiten führen zu Magen-Darm-Störungen, sondern auch die äußeren Einflüsse, denen wir im alltäglichen Leben ausgesetzt sind: Ärger in Beruf und Familie, Stress und zu wenig Entspannung setzen unserem Magen ganz schön zu.

Hilfe durch Verbesserung der Durchblutung

Welche Bedeutung die Mikrozirkulationsstörung bei der Fibromyalgie insgesamt hat, ist noch nicht im Detail geklärt. Sie dürfte aber ein wesentliches Element des Krankheitsgeschehens sein, denn man macht immer öfter die Erfahrung, dass alle Maßnahmen, die im Endeffekt die Durchblutung verbessern, einen positiven Einfluss auf das Krankheitsbild der Fibromyalgie haben.

Störungen im Magen-Darm-Trakt

Ein Organsystem ist bei Fibromyalgiekranken regelmäßig betroffen: der Magen-Darm-Trakt. Es gibt kaum einen Patienten, der bezüglich seines Bauchs völlig beschwerdefrei wäre. Nahezu alle denkbaren Beschwerden des Verdauungstrakts werden von den Patienten genannt. In der Hauptsache sind dies:

- Aufstoßen und Völlegefühl
- Sodbrennen, Magenbrennen
- Darmgeräusche, Rumoren, Anschwellen des Unterleibs
- Blähungen, Bauchkrämpfe
- Durchfall, Verstopfung
- Juckreiz am After

Wie kommt es dazu? Ist dies Zufall, oder sind es Folgeerscheinungen einer bisher noch unbekannten gemeinsamen Ursache der Erkrankung? Neben einer Fehlsteuerung des vegetativen Nervensystems könnte auch der Serotoninstoffwechsel eine wichtige Rolle spielen. Serotonin wird aus einer Aminosäure (Tryptophan) gebildet, die aus dem Darm aufgenommen wird. Diese Aufnahme ist vermutlich bei der Fibromyalgie gestört, wodurch nicht ausreichend Serotonin gebildet werden kann. Dies wiederum bewirkt Störungen der Darmregulation: ein Teufelskreis!

Die Verdauung

Um zu verstehen, warum dieses Organsystem derart leicht in Mitleidenschaft gezogen wird, muss man sich das Funktionieren des Verdauungsapparats vor Augen führen.

- Mit den Zähnen wird die Nahrung in höchstens zentimetergroße Bröckchen zerlegt, die Verdauung beginnt. Der mit Speichel durchsetzte Brei rutscht in den Magen.
- Hier werden der Nahrung hoch konzentrierte Salzsäure sowie eiweißspaltende Enzyme zugesetzt. Dies ist der aggressivste Teil der Nahrungsaufbereitung. Unter langsamem Kneten lösen sich die Nahrungsteile in der extrem sauren Lösung in millimetergroße Partikel auf. Nach 30 Minuten ist ein Zwieback verdaut, ein Rollmops benötigt bis zu zehn Stunden.
- Anschließend wird die Nahrung in kleinen Portionen in den Zwölffingerdarm weitertransportiert und dort mit weiteren Verdauungssäften aus Gallenblase und Bauchspeicheldrüse versetzt.
- Im folgenden Darmabschnitt, dem Leerdarm (Jejunum), folgt nun die Zerlegung der Nahrung in winzige, fast nur noch molekülgroße Teilchen, die von der Dünndarmschleimhaut resorbiert werden. Erst hier also nimmt der Körper Nahrungsbestandteile auch im biochemischen Sinn auf. Hierbei leistet die Schleimhaut Außergewöhnliches: Sie ist in viele Falten gelegt, auf denen sich feine Zotten befinden, die wiederum von äußerst feinen Härchen, dem Bürstenrand, umsäumt werden. Der Sinn der Konstruktion besteht in einer extremen Oberflächenvergrößerung.

info

Der Darm enthält ca. 100 Millionen Nerven, die oft als »Darmhirn« bezeichnet werden. Ist der Darm chronisch gereizt, dann hat das Auswirkungen auf diese Nervenstrukturen. Sie schicken viel zu viele Informationen in Richtung Gehirn und tragen so zur Reizüberflutung und zur übermäßigen Schmerzempfindlichkeit bei.

Die Nahrungsbestandteile werden hier zu 95 Prozent in die Blut- und Lymphbahnen aufgenommen, die sich unmittelbar unterhalb der Schleimhaut befinden. Übrig bleiben Wasser und unverdauliche Fasern, die über den nachfolgenden Krummdarm (Ileum) in den Dickdarm gelangen. Dort werden die Fasern von reichlich vorhandenen Bakterien verdaut, und das restliche Wasser wird aufgenommen.

info

Die Innenfläche des menschlichen Darms beträgt mindestens 100 Quadratmeter, vielleicht auch ein Mehrfaches davon – genau lässt sich das mit unseren heutigen Mitteln nicht messen.

Zu viel Säure – zu viel Schleim

Bei den meisten Fibromyalgiepatienten lassen sich typische Abweichungen von dieser Prozedur feststellen. Die Störungen beginnen in der Regel im Magen. Bei der körperlichen Untersuchung klagen die Betroffenen über einen deutlichen Druckschmerz dieses Organs. Dahinter steht eine Reizung der Schleimhaut. Da eine entzündete Schleimhaut von der eigenen Säure angegriffen wird, produziert der Magen nun reichlich verdünnenden Schleim. So günstig dieser Mechanismus für die Schleimhaut ist, so schlecht ist er für die Verdauung. Die Nahrung kann von der verdünnten Säure nicht vollständig verdaut werden, bleibt deshalb länger im Magen zurück und kann dort in Gärung übergehen. Die Folgen sind Völlegefühl und Aufstoßen.

Gärung durch mangelhafte Verdauung

Die Störungen beschränken sich nicht nur auf den Magen. Ist dieser in seiner Verdauungsleistung derart herabgesetzt, entleert er zu große Nahrungsteile in den Dünndarm. Das reguläre Verdauungsziel – die Aufspaltung in Partikel von weniger als einem Millimeter Durchmesser – wird nicht erreicht. Die groben Teile können vom oberen Dünndarm nicht ausreichend aufgeschlossen werden und rutschen daher durch ihn hindurch, bis sie in den Krumm- oder Dickdarm gelangen – ohne sich in ihrer Größe nennenswert zu verändern. Wenn es also nach dem Essen im

Bauch rumpelt und rumort, dann rutscht die grobe Nahrung zu schnell durch Ihren Dünndarm hindurch. Diese Tatsache begünstigt das Wachstum der gasbildenden Darmbakterien in den unteren Darmabschnitten.

Gestörte Darmfunktion

Die Gärung speziell im Dickdarm hat noch andere Konsequenzen. Dieser letzte Darmabschnitt ist nicht in der Lage, die Gase aufzunehmen. Sie stauen sich dort und dehnen ihn. Ist die Dehnung des

Neben der Gasbildung durch Bakterien ist auch das Verschlucken von Luft bedeutsam. Je hektischer und unruhiger die Nahrungsaufnahme, desto mehr unerwünschte Luft gelangt in den Magen. Spontanes Aufstoßen ist hilfreich, um diesen zu entlasten. Durch willentliches Rülpsen wird das Problem paradoxerweise schlimmer.

Gasbildung im Darm – Bakterien am Werk

- Darmbakterien, im Normalfall hilfreiche Bewohner des menschlichen Darms, müssen sich üblicherweise von schwer verdaulichen Fasern ernähren, und ihr Wachstum wird so durch den Nahrungsmangel begrenzt.
- Gelangt wertvolle, kalorienhaltige Nahrung bis hierher, reagieren die Bakterien auf den Überfluss mit ungehemmter Vermehrung – ihre Anzahl verdoppelt sich alle 20 Minuten. In kürzester Zeit entwickelt sich so im Darm ein dichter Bakterienrasen.
- Hierdurch entsteht eine örtliche Reizung im unteren Darmabschnitt. Gleichzeitig erzeugen die Bakterien große Gasmengen: 20, 30 oder mehr Liter Gas entstehen in 24 Stunden und lassen ihn prall anschwellen. In solchen Fällen ist der Bauch am Morgen noch flach. Im Lauf des Tages setzt dann die Gärung ein und erreicht meist gegen Abend ihr eigentliches Maximum.
- Wird keine neue Nahrung aufgenommen, lässt das Bakterienwachstum nachts wieder nach. Die Gase werden vom Blut aufgenommen, über die Lunge abgeatmet, und bis zum Morgen ist der angeschwollene Bauch verschwunden. Allerdings stellt sich meist ein unangenehmer Geschmack im Mund (Mundgeruch) ein, der sich durch die ausgeatmeten Darmgase erklären lässt.

Verzichten Sie auf Kaffee, Colagetränke und Alkohol – trinken Sie lieber Kräutertees, die Ihrem Magen gut tun.

Darms sehr ausgeprägt, werden dessen Muskelfasern in einen ungünstigen Funktionszustand gebracht – sie können ihre Aufgabe nicht mehr erfüllen, Verstopfung ist die Folge. Verursachen die Darmbakterien dagegen eine Entzündung, kommt es meist zu Durchfall.

Symptome wie beim Herzinfarkt

In der Regel sammelt sich die unerwünschte Luft an den höchsten Stellen. Dies ist rechts unterhalb der Leber bzw. Gallenblase und links unterhalb des Herzes. Da auf der linken Seite etwas mehr Platz vorhanden ist, können sich dort gewaltige Luftmengen konzentrieren und mächtig nach oben drücken. Das Zwerchfell wird angehoben und mit ihm das Herz. Als Folge stellen sich Atemnot und Herzdrücken bzw. Herzrasen ein. Dieses so genannte Roemheld-Syndrom ist an sich nicht besonders gefährlich, kann aber so unangenehme Beschwerden bereiten, dass Patienten mit Verdacht auf einen Herzinfarkt in eine Klinik eingeliefert werden.

info

Die vielen Zivilisationskrankheiten, an denen unsere Gesellschaft leidet, sind in erster Linie Folge unserer »zivilen« Lebensweise. Im Gegensatz zu unseren »wilden Vorfahren« bewegen wir uns zu wenig, essen dafür mehr, und vor allem das Falsche: zu viel Fett, Zucker undl Alkohol! Unser Körper »dankt« es uns u.a. mit Übergewicht, Bluthochdruck, Diabetes, Darm- und Lungenkrebs.

Der empfindliche Magen

Unser Verdauungstrakt ist ein höchst kompliziertes Organsystem, das entsprechend störanfällig ist. Besonders eindrücklich kann man das beim Magen erkennen, der das Wunder vollbringt, Fleisch, aus dem er ja selbst auch besteht, komplett aufzulösen, ohne sich selbst dabei anzugreifen. Ihn kann vieles in seiner Funktion beeinträchtigen. Bakterien wie Helicobacter pylori, Pilze oder Viren sind in der Lage, ihn zu attackieren, und unzählige Medikamente bewirken eine Schädigung der Magenschleimhaut. Besonders die häufig bei der Fibromyalgie eingesetzten Schmerz- und Rheumamittel können zu schweren Schleimhautentzündungen und Geschwüren führen. Auch seelische Belastungen, besonders das Gefühl mangelnder Geborgenheit, sowie Stress bereiten dem Magen Kummer.

Ungesunde Ernährung – Hauptfeind der Verdauung

Die häufigste Schädigung liegt jedoch in einem ganz anderen Bereich. Es ist unsere Art der Lebensführung, konkret: Unsere Ess- und Trinkgewohnheiten fallen dem Magen schwer zur Last. Unser Verdauungstrakt ist einfach nicht für Hamburger, Sachertorte oder Colagetränke geschaffen. Der Verdauungstrakt reagiert auf solch unnatürliche Kost ausgesprochen gereizt. Er entzündet sich und bereitet Beschwerden: Aufstoßen, Völlegefühl, Sodbrennen, Rumpeln im Bauch, Blähungen, Durchfall, Verstopfung sind die Folgen. Diese Symptome sind heute nicht die Ausnahme, sondern die Regel. Die Mehrheit der Bevölkerung in den industrialisierten Ländern leidet am eigenen Bauch.

Die Magen-Darm-Probleme, unter denen Fibromyalgiepatienten leiden, sind nicht typisch für diese Erkrankung. Es sind Veränderungen, die man bei vielen Menschen in unseren Breiten findet. Bei der Fibromyalgie sind die Beschwerden jedoch besonders ausgeprägt, und das hat mehrere Gründe: So können die erwähnten vegetativen Fehlsteuerungen des Nervensystems und der Mangel an Serotonin zu funktionellen Störungen der Verdauung führen.

Essen aus Frust?

Auch die andauernden Schmerzen sowie die depressive Stimmungslage beeinträchtigen dieses Organ. Dabei scheint besonders ein Zusammenhang wichtig zu sein: Menschen, die unter einem hohen seelischen Druck stehen, die Schmerzen haben und auf vieles verzichten müssen, neigen dazu, im Essen und Trinken einen Ausgleich zu suchen. »Wenn es mir so schlecht geht, möchte ich wenigstens etwas Gutes essen«, lautet eine durchaus verständliche Reaktion.

➔ Tipp

Versetzen Sie sich einmal in die Lage Ihres Körpers! Was muss er Tag für Tag alles bewältigen? Denken Sie nach über Ihre Ernährung, über die physische und psychische Belastung und Ihre Bewegungsgewohnheiten – da könnte man doch sicherlich einiges verbessern, oder?

Gut bedeutet in diesem Fall nicht das Essen von Salat und Vollkornbrot – süße, fette und kalorienreiche Speisen bieten größeren Lustgewinn. Die Vorliebe für süße Verführer kommt nicht von ungefähr. Schokolade und ähnlich Kalorienhaltiges beeinflussen im Gehirn die Neurotransmitter (auch das Serotonin) und erzeugen dadurch kurzfristig Wohlbehagen. Doch die Freude ist nur von kurzer Dauer. So kommt zu den ursprünglichen Schmerzen langfristig noch eine zusätzliche Belastung der Verdauungsorgane hinzu.

→ Tipp

Ausführliche Informationen zum Thema »Pilzerkrankungen« finden Sie in den folgenden Ratgebern, die ebenfalls im Südwest Verlag erschienen sind: Von Gaby Guzek und Elisabeth Lange: »Pilze im Körper – krank ohne Grund?« und von Elisabeth Lange: »Richtig essen. Pilze im Körper«.

Pilze im Magen-Darm-Trakt

Die Besiedelung des Verdauungstrakts mit Hefepilzen, insbesondere die mit krank machenden Candidaarten (z. B. Candida albicans), ist eine spezielle, heutzutage aber häufig auftretende Störung. Solche Pilze haben sich in den letzten Jahrzehnten rasant ausgebreitet und finden sich heute bei der Mehrheit der Bevölkerung auf den Schleimhäuten.

Falsche Ernährung

Als Ursache muss in erster Linie die Veränderung unserer Ernährung genannt werden, besonders der hohe Zuckerkonsum. Pilze lieben Süßes! Das kennt man von der Backhefe: Ohne Zucker gelingt kein Hefeteig. Ein zweiter Grund: Durch die häufige – und oft überflüssige – Einnahme von Antibiotika werden die natürlichen Gegenspieler der Pilze, die Bakterien, im Darm geschädigt, und dann haben die Pilze freie Bahn.

Sind Pilze nur in geringen Mengen im Darm vertreten, richten sie dort keinen Schaden an. Das ändert sich jedoch, wenn sie sich massenhaft vermehren, wie das bei falscher Ernährung oder einer Beeinträchtigung des Immunsystems vorkommen kann. Dann rufen sie eine massive Gasbildung hervor und verursachen oft Juckreiz im

Afterbereich. In gewissem Umfang produzieren sie auch Giftstoffe (z. B. Fuselalkohole), die die Leber belasten. Zusätzlich lösen Candidahefen bei entsprechend veranlagten Menschen Allergien aus.
Bei Fibromyalgiepatienten befinden sich in aller Regel reichlich Candidahefen im Verdauungstrakt. Dies ist sicherlich nicht die wichtigste Ursache der Erkrankung, es kann jedoch einer der vielen Faktoren sein, die insgesamt zu einer Fibromyalgie führen. Um die Pilze als Ursache auszuschließen, weiß man über ihre Wirkungen noch viel zu wenig.

Ödeme

Die meisten Fibromyalgiepatienten leiden an einer Vielzahl von Wasseransammlungen (Ödeme) und Schwellungen. Die am häufigsten auftretenden Symptome sind:

- Geschwollene oder gerötete Augen oder Tränensäcke nach dem morgendlichen Aufstehen
- Überempfindliche Nervenaustrittspunkte, besonders im Nacken
- Nachts verschlossene Nase, was in der Regel zum Schnarchen führt
- Geschwollene Finger, die Ringe schneiden ein
- Geschwollene Füße, die Socken zeichnen sich am Abend ab
- Allgemeines Spannungsgefühl, die Haut ist »zu eng«
- Bei Frauen: Schmerzen und Spannungsgefühle in Brust und Unterleib, besonders vor der Periode

Die Schwellungen betreffen immer die zarten Gewebeteile des Körpers, vor allem Augen, Tränensäcke, Nasenschleimhaut, Wangen, Finger und Füße. Bei Frauen kommen meist noch vor der Periode Schmerzen im Bereich der Brust und des Unterleibs hinzu.

info

In der Literatur zur Fibromyalgie findet sich oft der Hinweis, die Patienten würden unter »Schwellungsgefühlen« leiden. Das ist nicht ganz korrekt. In der Regel sind die Ödeme gut sichtbar. Gelegentlich sind die Wasseransammlungen diffus verteilt. Vor allem Frauen sagen dann, sie hätten das Gefühl, die ganze Haut fühle sich zum Platzen gespannt.

Ursache unbekannt

Bisher gibt es keine überzeugende wissenschaftliche Erklärung für dieses Phänomen. Eine Hypothese geht von einer Störung im Hormonhaushalt aus, da solche Veränderungen in ähnlicher Weise auch beim prämenstruellen Syndrom (Schwellungen und Angespanntheit vor der Periode) auftreten. Doch lassen sich Hormonveränderungen bei der Fibromyalgie nicht feststellen, und außerdem gibt es entsprechende Veränderungen (wenn auch in geringem Umfang) auch bei Männern.

info

Einige Frauen leiden nicht nur unter Schwellungen, sondern auch unter einer vermehrten Fettansammlung unter der Haut. Besonders die Beine, Hüften, Oberarme oder der Nacken sind stark gespannt, die Hautfalten lassen sich nicht mehr abheben, »blaue Flecken« treten bei kleinen Stößen auf und Orangenhaut ist verbreitet. Es handelt sich dabei um ein sog. »Lipödem«, das oft mit erheblichen Schmerzen und Gewichtsproblemen einhergeht.

Störungen im Lymphsystem?

Eine mögliche Erklärung geht davon aus, dass die Wasseransammlungen im Körper nicht mit einem Versagen von Nieren oder Herz zusammenhängen. Diese Organe sind in der Regel völlig intakt. Bei den Schwellungen der Fibromyalgiekranken handelt es sich um Lymphödeme. Jeder kennt sein Lymphsystem von den Lymphknoten, die im Halsbereich, in den Achseln und in den Leisten ertastet werden können. Das ganze System umfasst unzählige Lymphbahnen, die als reine Abflusskanäle den Körper durchziehen. In ihnen werden alle überschüssigen Stoffe, d. h. Wasser, Fette, Bakterien, Viren, Pilze und Tumorzellen, transportiert und in den nächstgelegenen Lymphknoten unschädlich gemacht. Oft wird das Lymphgefäßsystem mit einer großen Kläranlage verglichen, die den Körper durchzieht. Alle Lymphbahnen

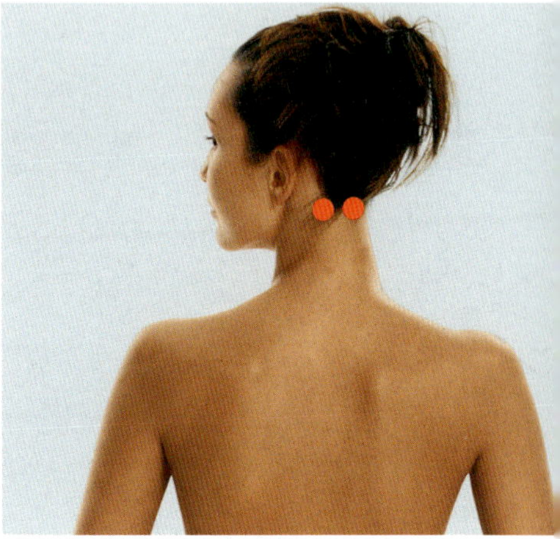

Wenn Sie auf die beiden Nervenaustrittspunkte im Nacken einen Cold-Pack (aus der Apotheke) legen, können Sie möglicherweise Ihre Kopfschmerzen, die am Morgen auftreten, etwas lindern.

laufen im Brustmilchgang zusammen, der in der Nähe des Herzes in die obere Hohlvene mündet. Anzahl und Anordnung der Lymphknoten entsprechen in etwa der Anfälligkeit oder dem Schutzbedürfnis einzelner Organe. Viele Lymphknoten befinden sich vor allem im Bereich der Eintrittspforten des Körpers, also in der Nähe von Rachen, Lunge und – ganz besonders – des Verdauungstrakts. Entsprechend seiner großen Fläche muss er besonders geschützt werden. Mindestens die Hälfte des Lymphgewebes ist in seinem Bereich angesiedelt.

Gefährlicher Stau

Wenn Magen und Darm gereizt sind, kommt es oft zu einem Lymphstau, da Wasser und Eiweiß über diesen Weg abtransportiert werden müssen. Der Stau verstärkt sich nachts, wenn sich die Lymphe im Liegen in den oberen Körperregionen sammelt. Das Gefühl kennt jeder, der abends zu viel Alkohol getrunken hat und morgens mit verquollenen Augen und Kopfschmerzen aufgewacht ist. Die Lymphe, durch den Abtransport der vielen Giftstoffe sowieso enorm gefordert, verteilt sich erst im Lauf des folgenden Tages wieder im Körper. Da bei Fibromyalgiepatienten der Magen-Darm-Trakt generell gereizt ist, leiden sie oft unter Katersymptomen, auch wenn sie keinen Tropfen Alkohol angerührt haben. So wird auch verständlich, warum allzu langer Schlaf den Erkrankten oft nicht gut tut: Schlafen sie sich endlich einmal richtig aus, sehen sie noch verquollener aus, als dies sonst schon der Fall ist. Umgekehrt mindert eine erhöhte Kopfposition beim Schlaf die Ödemneigung.

Angeschwollene Lymphknoten können ein Zeichen für Entzündungen sein. Der Hausarzt oder Facharzt kann dies im Zweifelsfall klären.

info

Möglicherweise sind die Lymphstauungen auch an der Entstehung des Karpaltunnelsyndroms beteiligt, das oft bei Fibromyalgiekranken auftritt. Dabei handelt es sich um eine Einengung von Nerven im Bereich des Handgelenks. Anzeichen für ein Karpaltunnelsyndrom sind massive nächtliche Schmerzen im gesamten Arm. Weitere Engstellen gibt es auch an anderen Körperstellen, z. B. den Füßen.

Sind die Hormone schuld?

Bei der Suche nach den Ursachen der Fibromyalgie gerieten auch die menschlichen Hormone in Verdacht, die Schuldigen zu sein. Gemeint sind damit allerdings nicht die Sexualhormone, sondern die Hormone, die als Botenstoffe im Gehirn ihren Dienst versehen: so genannte Neurotransmitter. Ganz im Vordergrund der Forschung steht das Serotonin. Es handelt sich um einen Trägerstoff, der die Erregung von einem Nerv zum nächsten übermittelt.

Serotonin – echtes Recycling

Das Serotonin wird von einem Nerv in den Spalt eines anderen abgegeben. Dort wandert es zu speziellen Rezeptoren, wo es andockt. Der Kontakt des Serotonins mit dem Rezeptor löst im Adressatennerv eine neue Erregung aus. Danach wandert es zurück, um am Ursprungsort wieder aufgenommen zu werden. Bei der Fibromyalgie ist dieser Trägerstoff nur in vermindertem Maß vorhanden und damit die Reizübertragung beeinträchtigt. Das hat vielfältige Folgen, da Serotonin u. a. im Magen-Darm-Trakt, im Gehirn und in den Blutplättchen benötigt wird. Leider ist damit nicht die Ursache (und auch gleich das entscheidende Medikament) entdeckt. Serotonin wirkt auf sehr unterschiedliche Hirnteile ein und beeinflusst deshalb den Menschen unspezifisch. Veränderungen des Serotoninspiegels wirken sich daher eher global auf unser gesamtes Empfinden aus. Bei einigen Krankheiten ist das besonders ausgeprägt, z. B. bei der Depression und dem Reizdarmsyndrom.

info

Serotonin ist am Hirnstoffwechsel, an der Schmerzverarbeitung, der Schlafregulierung, der Verdauung sowie an der richtigen Durchblutung beteiligt – alles neuralgische Punkte bei Fibromyalgiepatienten.

Störung der Botenstoffe?

Einige Forscher fragen sich, ob die Fibromyalgie nicht Teil einer ganzen Krankheitsfamilie ist, die durch eine Störung der Neurotransmitterbalance gekennzeichnet ist: die psycho-neuro-endokrino-immunologischen Erkrankungen. Mit diesem Wort soll klargemacht werden, dass Nerven-, Hormon- und Abwehrsystem und unsere Seele gleichermaßen betroffen sind. Doch diese Störungen treten bei vielen Krankheiten auf. Außerdem weiß man nicht, wie es zu einer

Ist der Schlafmangel schuld?

- Fibromyalgie-Betroffene zeigen eine sehr typische Schlafstörung: In der Regel fallen Sie todmüde ins Bett und schlafen schnell ein. Doch nach wenigen Stunden wachen sie auf und wälzen sich die ganze restliche Nacht schmerzgeplagt von einer Seite auf die andere.
- Im Schlaflabor oder bei somnographischen ambulanten Untersuchungen zeigt sich ein typisches Muster der Schlafstörung. Es ist vor allem durch den Mangel an erholsamen Tiefschlaf gekennzeichnet. Dagegen wachen die Patienten immer wieder im Laufe einer Nacht auf, oft ohne dies richtig zu merken. 20, 30 oder noch häufigere Wachphasen lassen sich bei der Schlafanalyse finden. Nach einer solchen Nacht fühlen sich die Betroffenen am Morgen völlig zerschlagen.
- Eine Verbesserung der Schlafqualität führt in der Regel zu einer erheblichen Zunahme an Lebensqualität und zu einer Reduktion der Schmerzen. Doch Vorsicht bei reinen Schlafmitteln! Hier droht Gewöhnung oder Abhängigkeit. Sinnvoller ist es, bestimmte Regeln (»Schlafhygiene«) zu befolgen und ggf. sehr niedrig dosierte Antidepressiva einzunehmen (s. S. 71 ff).

Bei Fibromyalgie sind vermutlich die Tiefschlafphasen gestört. Dadurch ist der Schlaf selbst dann nicht erholsam, wenn er ausreichend lang ist. Denn nur in diesen Phasen der tiefsten Entspannung produziert der Körper bestimmte Hormone (z. B. Wachstumshormon), die zu seiner Regenerierung notwendig sind.
Mehr zum Thema Schlafen und Schlafqualität in: »Gut schlafen«, von Dr. Thomas Weiss, Südwest Verlag.

Verminderung der Botenstoffe kommen kann. Es ist nicht gesagt, dass die Krankheit mit der Verminderung dieser Substanzen beginnt. Möglicherweise ist das nur die Folge eines noch unbekannten Prozesses oder seelischer Faktoren.

Seelische Faktoren

Schlafstörungen, Schmerzen, Bedrücktheit, Verzweiflung, Depressionen und Selbstzweifel – dies alles findet man häufig bei Fibromyalgiepatienten. Oft steht das

Stimmungstief so im Vordergrund, dass der Schluss nahe liegt, die ganze Krankheit sei seelisch bedingt. Tatsächlich sind die meisten Erkrankten bedrückt oder sogar depressiv. Ist dies aber Ursache oder Auswirkung der Krankheit? Diese Frage wurde in den letzten 20 Jahren intensiv diskutiert.

Nicht psychisch bedingt – aber beeinflusst

Mittlerweile zeichnet sich unter den Fachleuten Übereinstimmung ab: Die Fibromyalgie ist in der Regel keine seelisch verursachte Erkrankung. Die seelischen Veränderungen erklären sich überwiegend als Folge der chronischen Erkrankung. Jahrelange Schmerzen, Schlafstörungen und vor allem der Mangel an Verständnis für die Krankheit lassen die betroffenen Menschen verzweifeln. Ihre Stimmungstiefs sind nur zu verständlich: Es ist normal, wenn jahrelange Schmerzen Folgen zeigen. Oder umgekehrt: Es wäre hochgradig auffällig, wenn jahrelange Schmerzen keine seelischen Folgen hinterlassen würden. Allerdings muss man diese Aussage noch ein wenig differenzieren. Möglicherweise gibt es eine gewisse Anfälligkeit für die Fibromyalgie unter Menschen, die zu einer ernsten Stimmung neigen. Es sind Persönlichkeiten, die die Dinge genau nehmen, die Leistungsbereitschaft zeigen, gründlich sind, sich selbst unter Zeitdruck setzen, sich nur schlecht wehren können und leicht ein schlechtes Gewissen bekommen. Solche Charaktereigenschaften fördern vermutlich das Entstehen einer Fibromyalgie. Doch um keine Missverständnisse aufkommen zu lassen: Diese Faktoren sind nicht die Ursachen der Krankheit.

Zusammengefasst kann man sagen, dass seelische und körperliche Faktoren bei der Fibromyalgie eng verflochten sind. In Zeiten, in denen es Ihnen schlecht geht, in denen Sie ein schlechtes Selbstbewusstsein haben, werden Sie mehr unter der Krankheit leiden.

info

Starke Schmerzereignisse stehen manchmal am Anfang einer Fibromyalgie: Auffahrunfälle mit Schädigung der Halswirbelsäule, Verletzungen, Operationen, Geburten oder andere traumatische Ereignisse können bei entsprechender Disposition das »Fass zum Überlaufen« bringen.

Eine »multifunktionelle« Krankheit

- Die eigentliche Ursache der Fibromyalgie ist nach wie vor unbekannt. Es müssen viele Faktoren zur Krankheitsentstehung zusammenkommen. Jeder einzelne der Faktoren ist für sich gesehen relativ harmlos. Nur wenn alle zusammenkommen und sich in ihrer Wirkung gegenseitig verstärken, kann die Krankheit entstehen.
- In der Regel beginnt die Erkrankung mit alltäglichen, »banalen« Schmerzen vor allem im Bereich der Halswirbelsäule und Lendenwirbelsäule.
- Häufig kommen meist weitere sog. vegetative Beschwerden wie chronische Kopfschmerzen, Migräne, Schwindel, Menstruationsbeschwerden, Reizmagen, Reizdarm oder Reizblase hinzu.
- Die vorhandenen Schmerzen werden durch Angst und Depressivität nicht unerheblich verstärkt. Irrt ein Patient jahrelang ohne richtige Diagnose durch Arztpraxen und Krankenhäuser, trägt das zur Verunsicherung und damit zur Schmerzverstärkung bei.
- Ödeme, Schwellungen, stellen bei einem Teil der Frauen, eine wesentliche Teil-Ursache des Fibromyalgie-Syndroms dar. In Zeiten stärkerer Schwellung nehmen auch die Schmerzen deutlich zu.
- Schlafstörungen, vor allem Durchschlafstörungen, treten bei den allermeisten Patienten auf. Sie verschlechtern nicht nur das Allgemeinbefinden sondern auch die Schmerzen.
- Im Laufe der Erkrankung kommt es zu einer zunehmenden Empfindlichkeit des schmerzverarbeitenden Nervensystems. Die Schmerzschwelle sinkt und die Betroffenen werden zunehmend empfindlich. Dies bedeutet nicht nur erhöhte Sensibilität für Schmerz, sondern oft auch für Berührung, Lärm, Licht, Geruch oder Geschmack. Auch die seelische Empfindsamkeit nimmt zu.
- Wer nun in den Zustand einer inneren Katastrophenstimmung gerät, für den werden die Schmerzen schnell unerträglich. Dies gilt besonders, wenn der Glaube an eigene Kraft sich zu helfen im Verlauf der Krankheit gemindert wurde.

Die 10-Punkte-Therapie

Die meisten Fibromyalgiepatienten sind von einer rein medikamentösen Therapie enttäuscht. Tabletten alleine helfen nicht weiter!
Weltweit setzt man daher heute auf sog. »multimodale« Behandlungen, d. h. es wird auf vielfache Weise (= multimodal) umfassend therapiert. Die folgenden zehn Schritte helfen dabei, Schmerzen zu reduzieren und Wohlbefinden wieder herzustellen.

Richtig entspannen, sich Zeit für sich selbst nehmen und sich gesund ernähren – das sind wesentliche Bestandteile einer Fibromyalgiebehandlung.

1. Schritt – Information und Einstellung

Der erste Schritt wird im Kopf getan. Vergegenwärtigen Sie sich einige Tatsachen, und stellen Sie sich auf die Krankheit ein. Wer sich über seine Krankheit im Klaren ist, kann leichter mit ihr umgehen, sie erfolgreicher bekämpfen. Machen Sie sich das bewusst!

- Mit Ihrer Erkrankung sind Sie nicht allein: Viele Menschen leiden darunter. Suchen Sie Kontakt zu anderen betroffenen Menschen. Es ist sicherlich auch wünschenswert, wenn Sie einen Arzt haben, mit dem Sie über das Krankheitsbild reden können, und von dem Sie verstanden werden.
- Obwohl es Ihnen seelisch schlecht geht, bedeutet das nicht, dass Ihre Krankheit eingebildet ist. Ihre Bedrücktheit ist im Wesentlichen eine Folge der Erkrankung.
- Sie haben ein klar umrissenes Krankheitsbild. Daran, dass diese Krankheit noch so wenig erforscht ist, sind nicht Sie schuld.
- Die Fibromyalgie ist eine Krankheit, die das Leben schwer beeinträchtigt, jedoch im Großen und Ganzen keine Veränderung der Körperstruktur bewirkt. Es gibt keine Spätschäden, Veränderungen der Gelenke, Verkrüppelungen usw. Sie werden ihretwegen sicherlich nie im Rollstuhl sitzen.
- Die Diagnose der Fibromyalgie ist relativ plausibel. Verzichten Sie daher nach der Diagnosestellung auf weitere umfangreiche Untersuchungen. Eine Reihe von Erkrankungen sollte jedoch ausgeschlossen werden. Hierzu genügen einige Laboruntersuchungen, wie sie von jedem Hausarzt durchgeführt werden (z. B. Blutbild, Blutsenkungsgeschwindigkeit, Rheumafaktoren, Eiweißelektrophorese, Immunglobuline). Lernen Sie zu akzeptieren, dass keine fassbaren körperlichen Veränderungen hinter der Erkrankung stehen. Je mehr Sie untersuchen lassen, desto mehr zufällige Ergebnisse gibt es. Dadurch kommt es eher zu mehr Unklarheit und Verwirrung.

→ Tipp

Im Kapitel »Wie geht es weiter?«, Seite 93f., sowie auf der hinteren Umschlaginnenseite finden Sie Tipps und zahlreiche Adressen im In- und Ausland und Internetadressen, die Ihnen weiterhelfen.

info

Ist die Diagnose eines Fibromyalgie-Syndroms einmal gestellt, empfiehlt es sich auf immer weitere Diagnostik zu verzichten, um sich nicht unnötig zu verunsichern. Wenn jedoch neue Symptome hinzukommen, ist ein Gang zum Arzt unvermeidlich.

- Langfristig wird eine Besserung der Erkrankung eintreten. Das kann Jahre dauern, aber in den meisten Fällen lassen die Beschwerden nach!
- Setzen Sie sich keine unrealistischen Ziele. Je nach Entwicklungsstand der Erkrankung braucht es Zeit, Verbesserungen zu erlangen. Mit Hektik erreichen Sie nichts. Lassen Sie sich Zeit, Schritt für Schritt zu gehen.

2. Schritt – entspannen und loslassen

Sie selbst können etwas gegen Ihre Fibromyalgieerkrankung tun: Je aktiver Sie sich mit ihr auseinander setzen, desto besser sind Ihre Chancen auf Heilung und Linderung.

Bei der Therapie der Fibromyalgie geht es um die Beeinflussung von Regelkreisen. Ein wichtiger Ansatzpunkt ist das Durchbrechen des Kreislaufs von Schmerz, Anspannung, Angst und neuem Schmerz.

Die Krankheit akzeptieren

Wichtig hierbei ist ein entspanntes Verhältnis zu sich selbst und Ihrer Krankheit: Versuchen Sie zu akzeptieren, dass die Krankheit derzeit noch stärker ist als Sie und sich nicht mit Gewalt bekämpfen lässt. Das ist kein Widerspruch zu dem Vorsatz, aktiv gegen die Fibromyalgie vorzugehen. Die Krankheit gehört derzeit noch zu Ihnen und bildet einen Teil Ihrer Persönlichkeit, so wie es auch Charaktereigenschaften gibt, die Sie an sich weniger schätzen. Darüber kann man sich ärgern, aber man kann diesen Teil seiner Person nicht ausradieren.
Im Gegenteil: Je mehr Sie kämpfen, desto größer wird Ihre innere Anspannung und werden damit auch Ihre Beschwerden.

Enttäuschungen vorbeugen

Das Gleiche gilt für Hilfe von außen. Sie werden keinen Experten finden, der Sie auf einen Schlag von allen Beschwerden befreien kann. Falls Sie mit dieser Hoffnung zu Ärzten gehen, werden Sie regelmäßig bitter enttäuscht. Beim Versuch, die Krankheit mit immer härteren Mitteln zu attackieren, werden letztlich alle enttäuscht und alle Verlierer sein.

Auch wenn Sie sicherlich nicht allzu oft die Möglichkeit haben werden, solch einen Sonnenuntergang zu genießen: Stellen Sie ihn sich einfach zur Entspannung vor!

Muskelentspannung

Bei der Fibromyalgie kommt es zu einer erhöhten Muskelanspannung. Dementsprechend stehen ganz am Anfang der Therapie Entspannungsverfahren. Es gibt eine große Anzahl von Methoden, um zu einer größeren inneren Ruhe und zu muskulärer Gelöstheit zu kommen. Einige davon werden in diesem Buch angesprochen oder vorgestellt. Möglicherweise kommen Sie aber auch mit einem anderen Verfahren besser zurecht. Kein Problem: Jede für Sie hilfreiche Methode ist willkommen!

Im täglichen Umgang mit Fibromyalgiepatienten fällt immer wieder auf, dass es vielen von ihnen leicht fällt, sich für andere einzusetzen, es ihnen aber sehr viel Mühe bereitet, selbst einmal zu entspannen. Dies hat sicherlich viele Gründe. Einer ist, dass wir nur selten lernen, bewusst abzuschalten. In unserer Kultur hat dies keinen hohen Stellenwert. Wer so erzogen wurde, merkt oft erst durch Schmerzen oder völlige Erschöpfung, wie sehr er sich überfordert hat.

Wenn es Ihnen auch so geht, dass Sie Ihre Bedürfnisse im Alltag leicht vergessen, dann sollten Sie sofort damit beginnen, etwas mehr Rücksicht auf sich zu nehmen.

→ Tipp

Heilungserfolge erzielen Sie nur auf freundliche, positive Art und Weise: Bilden Sie mit Ihrem Körper ein Team, und suchen Sie einen Ausweg aus der verfahrenen Situation.

Kleine Pausen einlegen

- Bauen Sie in Ihren Alltag regelmäßige Pausen ein, in denen Sie kurz innehalten und überlegen, wie es Ihnen gerade geht.

Machen Sie es wie die Akkordarbeiter – ihnen steht pro Stunde eine kleine Pause für persönliche Bedürfnisse zu.

- Horchen Sie in sich hinein, und stellen Sie fest, wie sich Ihr Körper anfühlt: Wie geht es dem Rücken, wie den Gelenken? Was sagt Ihr Bauch? Wie ist Ihre Stimmung?
- Falls Sie angespannt sind, atmen Sie einige Male tief durch. Versuchen Sie loszulassen, und nehmen Sie kurz zu Ihrem Körper Kontakt auf. Eine Minute reicht.
- Wichtig ist, dass Sie sich immer wieder an die Pausen erinnern lassen. Es ist sinnvoll, sich kleine Hilfen zu bauen: wenn eine Uhr die volle Stunde schlägt, bei Rotlicht an der Ampel, nachdem Sie den Briefkasten geleert haben, vor der Mittagspause. Kochen Sie sich eine Tasse Tee oder Kaffee, und warten Sie, bis er kühler geworden ist usw.

→ Tipp

Schauen Sie sich verschiedene Entspannungsverfahren an, und wählen Sie, was Ihnen sympathisch ist. Es soll Spaß machen, sonst werden Sie es kaum regelmäßig weiterführen – was aber unbedingt notwendig ist. Alle genannten Möglichkeiten erfordern nur begrenzten Zeitaufwand. Wenige Minuten täglich sind bereits äußerst hilfreich.

Entspannungsverfahren

Es ist sehr empfehlenswert, ein klassisches Entspannungsverfahren zu erlernen. Dabei stehen viele Möglichkeiten zur Verfügung. Am bekanntesten ist das autogene Training. Andere Verfahren sind die progressive Muskelrelaxation nach Jacobson, verschiedene Hypnoseverfahren, Yoga, Meditation, Biofeedback, Musiktherapie, Tai Chi Chuan, Atemtherapie u.v.a.m. Meist finden Sie reichhaltige Angebote in Volkshochschulkursen oder ähnlichen Instituten. Religiösen Menschen kann ein Gebet oder eine stille Versenkung beim Betrachten der Natur Ruhe und Ausgeglichenheit schenken.

3. Schritt – physikalische Therapie

Neben der inneren Einstellung und der seelischen Entspannung können auch äußere Faktoren das Loslassen fördern. Seit alters werden verschiedenste für Muskulatur und Nervensystem wohltuende Techniken und Hilfsmittel eingesetzt. In der Medizin werden diese Maßnahmen unter »physikalischer Therapie« zusammengefasst. Bei der Behandlung der Fibromyalgie

Eine Variante der Muskelrelaxation

- Setzen Sie sich bequem hin. Machen Sie mit beiden Händen eine Faust, und spannen Sie Arme und Fäuste sehr kräftig an. Halten Sie diese Spannung etwa 10 bis 20 Sekunden. Es sollte anstrengend sein! Anschließend öffnen Sie die Fäuste, lassen die Arme völlig locker in den Schoß fallen. Spüren Sie, wie angenehm das ist? Atmen Sie zweimal tief ein und genussvoll wieder aus.

- Spannen Sie nun die Beinmuskulatur an, halten Sie die Anspannung 10 bis 20 Sekunden, und lassen Sie danach locker. Wieder atmen Sie zwei- bis dreimal tief ein und langsam aus.

- Spannen Sie jetzt Bauch-, Rücken- und Gesäßmuskulatur fest an, und halten Sie die Spannung. Lassen Sie wieder los, und freuen Sie sich am entspannten Ausatmen.

- Diese drei Schritte können Sie überall durchführen. Man sieht es kaum. Den vierten Schritt machen Sie besser, wenn Sie allein sind. Hierzu spannen Sie Ihre Gesichts- und Halsmuskeln an. Stören Sie sich nicht an Ihrer Grimasse! Wahrscheinlich werden reflektorisch auch Bauch und Rücken mit angespannt. Halten Sie diesen Zustand einige Sekunden, und lassen Sie dann unter Ausatmen los.

- Das war die ganze Übung. Sie dauert nicht länger als zwei oder drei Minuten. Sie können sie auch etwas abgeändert durchführen.

- Haben Sie es ausprobiert? Überlegen Sie, zu welchen günstigen Zeitpunkten Sie dieses Verfahren in Ihren Tagesablauf einbauen können. Allerdings muss sich nicht gleich Entspannung einstellen. Gerade wenn die Muskelverspannung sehr hoch ist, werden Sie einige Male üben müssen. Wenn es dann immer noch nicht funktioniert, sollten Sie sich einem für Sie geeigneteren Verfahren zuwenden.

Die progressive Muskelrelaxation ist eine besonders einfache und effektive Entspannungsmethode. Sie besteht in einem ständigen Wechsel von Muskelanspannung und -entspannung. Probieren Sie die Übung am besten gleich einmal aus.

Das Entspannungsprogramm ist auch auf CD erhältlich: »Das Fibromyalgie-Entspannungsprogramm nach Dr. Weiss. Ein 5-Minuten-Programm für jeden Tag«. (Bestellung über Internet oder Telefon, siehe Tipp Seite 93) haben diese Verfahren einen hohen Stellenwert. Außerdem sind sie angenehm und machen fast immer Spaß! Eine erfolgreiche Therapie kann sehr viel Freude bereiten.

Wohltuende Wärme

Seit langem wird Wärme in unterschiedlichster Form zur Entspannung schmerzhafter Muskeln angewendet. Vermutlich kommt es dabei zu einer Durchblutungsverbesserung bei gleichzeitiger Herabsetzung der erhöhten Muskelspannung in den betroffenen Bezirken. Möglicherweise werden auch die Schmerzfasern selbst günstig beeinflusst. Dabei können Sie aus einer reichhaltigen Palette von verschiedenen Anwendungen auswählen: Moor, Fango, Parafango, Rotlicht, heiße Rolle, Thermal-, Sole- und Stanger-Bäder usw. In vielen Massagepraxen, öffentlichen Bädern oder Kliniken finden Sie sicherlich auch in Ihrer Nähe ein passendes Angebot.

info

Wärme bewirkt:

- Herabsetzung der Muskelanspannung
- Verbesserung der Durchblutung
- Auflockerung des Bindegewebes
- Blockierung der Schmerzleitung
- Beeinflussung zahlreicher Nerven und Muskelrezeptoren
- Seelische Entspannung

Wärmeanwendungen selbst gemacht

- Fangopackungen

Fango- bzw. Fango-Paraffin-Packungen gibt es in der Apotheke. Sie werden im Backofen erwärmt und geben eine angenehme, lang anhaltende Wärme ab. Man kann sie mehrfach benützen. Kirschkerne oder grobkörniges Salz, in einem Stoffbeutel aufgeheizt, haben eine ähnliche Wirkung.

- Heiße Rolle und Rotlicht

Die heiße Rolle eignet sich besonders bei Anspannungen im Bereich der Nackenmuskeln. Falten Sie ein Handtuch auf passende Größe, und gießen Sie kochendes Wasser darüber. Wenn Sie eine Mikrowelle haben, können Sie damit ein feuchtes Handtuch sehr einfach erhitzen. Dann lassen Sie das Tuch etwas abkühlen. Sobald die richtige Temperatur erreicht ist, legen Sie es auf die verspannten Muskeln. Danach können Sie die Muskeln etwas lockern, indem Sie mit den Schultern rollen oder mit den Armen kreisen. In ähnlicher Weise können Sie mit einer Rotlichtlampe verfahren.

- Baden

Legen Sie sich regelmäßig in die Badewanne, und genießen Sie es. Badezusätze sind hierbei besonders angenehm und verstärken noch die Wirkung des warmen Wassers. Probieren Sie auch einmal das »Kleopatra-Bad«: Geben Sie dafür einen oder mehrere Esslöffel Olivenöl in ein halbes Glas Milch und lassen alles unter dem Wasserstrahl ins warme Badewasser laufen.

- Duschen

Auch ein ausgedehntes Duschbad kann nach einem anstrengenden Tag ein guter Einstieg in den Feierabend sein. Tipp: Stellen Sie einen kleinen Hocker (mit Gummifüßen!) in die Dusche, und lassen Sie das warme Wasser lange über den Rücken strömen – ein wahrer Genuss für verspannte Muskeln.

- Kneippsche Anwendungen

Sie sind eine weitere Ergänzung. Wenn es hierbei zu Hause auch Grenzen gibt, sollten Sie aber Folgendes beherzigen: Nach jeder warmen Anwendung folgt eine kalte! Duschen Sie erst lange warm und anschließend kurz eiskalt. Am besten geht das, wenn Sie mit dem kalten Wasser an Armen und Beinen beginnen. Zum Schluss sind dann Körper und Gesicht an der Reihe. Das bringt den Kreislauf in Schwung!

Mit dem Kleopatra-Bad soll sich die ägyptische Königin ihren sagenhaften Teint erhalten haben. Testen Sie doch einfach einmal die Wirkung!

- Whirlpool

Vermutlich besitzen Sie keinen Whirlpool, doch sollten Sie diese Art der Wärmeanwendung einmal ausprobieren, wenn sich Ihnen die Gelegenheit dazu bietet.

- Thermalbad

Mit Bewegungsübungen im Thermalwasser kombinieren Sie gleich mehrere positive Effekte: Schwerelosigkeit im Wasser, Muskelentspannung durch Wärme und ein Trainingseffekt durch Bewegung.

In die Sauna – aber richtig

- Selbstverständlich ist auch die Sauna oder das Dampfbad eine hervorragende Maßnahme zur Muskelentspannung. Vor allem gilt das, wenn Sie dabei noch nette Gesellschaft haben. Es sollte Ihnen Spaß machen!
- Beachten Sie aber: Gehen Sie nicht zu lange in die Sauna, denn Sie sollten sich danach nicht allzu erschöpft fühlen. Für die meisten Menschen reicht ein Saunagang von 10 bis 15 Minuten völlig aus. Wenn Sie es einrichten können, gehen Sie lieber öfter in kürzeren Zeitabschnitten.
- Außerdem ist es für den Kreislauf günstig, wenn Sie sich unmittelbar nach dem Verlassen der Sauna abkühlen (kalte Dusche, Tauchbecken). So werden die Hautgefäße maximal trainiert.

Mit Wärmeanwendungen machen Sie selten etwas falsch. Es gibt nur wenige Ausnahmen: Bei akuten Entzündungen, bei ausgeprägten Venenproblemen oder bei Lymphödemen ist Wärme ungünstig. Aber das werden Sie schnell selbst feststellen: Sie haben hinterher größere Beschwerden.

Ein Besuch im Thermalbad gehört daher zum Besten, was Sie für sich tun können. Wenn Sie nicht in der Nähe eines Badeorts wohnen, erkundigen Sie sich nach Warmbadetagen in einem öffentlichen Schwimmbad.

Auch Kälte kann heilen

Die meisten Fibromyalgiekranken schätzen Wärmeanwendungen, da sie sehr zum Frösteln neigen. Doch kann auch mit Kälte ein überaus positiver Effekt erzielt werden. Dies gilt vor allem bei akuten Entzündungen. Je unvermittelter ein Symptom aufgetreten ist, desto günstiger kann es mit Kälte therapiert werden. Das bedeutet für Sie, dass Sie Symptome, die Sie normalerweise mit Wärme lindern, unter Umständen in der ersten Zeit nach ihrem Auftreten auch mit Kälte behandeln können. Sie kennen das von Sportverletzungen: Kaum hat sich ein Fußballer verletzt, behandelt ihn der Masseur mit Kältespray.

Da die Fibromyalgie keine Entzündung ist, kann man mit normalen Eispackungen nur wenig erreichen. Im Gegenteil: Die Schmerzen in der Muskulatur nehmen noch zu. Allerdings gibt es Ausnahmen: Vor allem im Bereich der Nervenaustrittspunkte im Nacken und an den Schläfen wirkt ein Kältepack sehr angenehm. Durch die intensive Kälte kommt es zu einem Abschwellen und damit einer Entlastung der »bedrängten« Nerven.

Tipps zur Selbsthilfe

- Experimentieren Sie, ob Kälte Ihnen einen Vorteil bringt.
- Am praktischsten sind kleine gelgefüllte Plastikbeutel, die es in der Apotheke als Cold-Pack gibt. Lagern Sie sie einige Zeit im Tiefkühl- oder Eisfach Ihres Kühlschranks. Sie können auch ein feuchtes Handtuch einfrieren. Bringen Sie es zuvor in die Form, in der Sie es dann auf die entsprechende Körperpartie (z. B. Nacken) legen möchten. Auch ein Eisbeutel hat sich bewährt. Wickeln Sie aber alle Eispackungen immer in ein Handtuch, zum Schutz Ihrer Haut.

Die Ganzkörperkältetherapie

Einen der größten therapeutischen Fortschritte der Fibromyalgie stellt die Ganzkörperkältetherapie dar, die 1985 in Deutschland eingeführt wurde. Man benötigt dazu eine Kältekammer, die auf Temperaturen zwischen –60 bis –110 °C gekühlt wird. In dieser Kammer halten sich die Patienten in Badebekleidung für zwei bis fünf Minuten auf. Das hört sich schlimmer an, als es wirklich ist. Bei den subarktischen Temperaturen enthält die Luft keine Feuchtigkeit mehr. Diese Art der Kälte wird als angenehm und erfrischend empfunden. Die meisten Patienten spüren bereits nach dem ersten Gang in die Kältekammer eine Erleichterung der Schmerzen. Manche berichten, sie fühlten sich »wie im siebten Himmel«. Die erste Schmerzreduktion klingt nach einigen Stunden ab, und die Zeit bis dahin wird gern für sanfte

info

Kälte führt zu:

- Verminderung der Schmerzleitung (Soforteffekt)
- Verminderung der Schmerzempfindlichkeit
- Abschwellung des Gewebes
- Hemmung von Entzündungen
- Normalisierung von erhöhter bzw. verminderter Muskelspannung
- Verbesserung des Allgemeinbefindens

Krankengymnastik oder Dehnübungen genutzt, die für viele Patienten jetzt schmerzfrei durchführbar sind. Langfristig, d.h. nach einer Serie von Anwendungen, kommt es bei der Mehrheit der Betroffenen zu einer erheblichen Verbesserung der Symptomatik. Nach sechswöchiger Behandlung berichten mehr als zwei Drittel der Patienten von einer Linderung des Spontan- und Bewegungsschmerzes.

info

Bei der Massage wird nach dem Motto »Viel hilft viel!« oft Schaden angerichtet. Auf dem schmerzhaften Gewebe, vor allem den tender points, sollte nicht geknetet, gedrückt oder intensiv massiert werden.

So wirkt die Kälte

Akupunktur kann für viele Patienten eine wirksame Schmerztherapie sein. Offenbar greift diese fernöstliche Heilmethode effektiv in die vegetative Regulation des Körpers ein.

Die Wirkweise der Kältekammer beruht auf dem plötzlichen Temperatursprung von über 100 °C. Dabei kommt es zur reflektorischen Entspannung der Muskulatur, Herabsetzung der Nervenleitgeschwindigkeit (Schmerzentlastung), Freisetzung von Botenstoffen (z.B. Serotonin) und einer allgemeinen Umstellreaktion des Körpers mit günstigem Einfluss auf das Immunsystem. Diese Therapie ist derzeit in einer Reihe von Rheumakliniken im Rahmen eines Heilverfahrens und in einigen Städten ambulant durchführbar. Seitdem ich selbst über dieses Therapieverfahren verfüge, möchte ich es nicht mehr missen. Die Kombination von Wärme und Kälte erscheint dabei besonders günstig. Die Patienten wärmen sich erst in einer Infrarotkammer gründlich auf und gehen dann in die Kälte. Das ist nicht nur angenehmer, die hohe Temperaturdifferenz führt auch zu günstigeren Ergebnissen.

Massagen

Auch die Massage kann einen positiven Beitrag zur Therapie leisten. Klassische Massagen (vor allem im Wirbelsäulenbereich), Unterwassermassagen oder passive Bewegungsübungen sind für viele eine Wohltat. Nützen Sie das Verfahren, sofern die Möglichkeit dazu besteht. Besonders die Massage der Wirbelsäule hat sich als äußerst effektiv erwiesen. Wenn Sie keine Möglichkeit zur Massage haben, bitten Sie Familienangehörige oder Freunde um Hilfe. Eine leichte Streichmassage kann nach einem langen Tag eine gute Möglichkeit der Entspannung sein. Eines gilt es zu beachten: Ist das Gewebe sehr verhärtet, sollte die Massage sehr vorsichtig erfolgen, sonst haben Sie hinterher verstärkt Schmerzen. Stellen Sie die Massagen noch etwas zurück, oder bitten Sie den Masseur, sanfter zu verfahren.

4. Schritt – Fitness schaffen

Fast allen Fibromyalgiepatienten tut Ruhe gut. Anstrengung und Anspannung verschlechtern die Symptomatik. Dementsprechend versuchen die meisten Kranken, sich zu schonen. Doch: »Wer rastet, der rostet.« Zu viel Schonung führt zu Muskelabbau und einer Überbeanspruchung der verbliebenen Muskelgruppen. Schonung ist also ein gefährliches »Therapieverfahren«: Sehr leicht kann man sich damit »krank schonen«.
Alle Entspannungsverfahren müssen daher von einem konsequenten Aufbautraining begleitet werden, sonst nimmt die Krankheit weiter ihren Lauf. So einleuchtend das sein mag, so schwer ist es, dies im Alltag umzusetzen. Wenn jede Bewegung mühsam ist, ist der Gedanke an schweißtreibenden Sport nicht sehr verlockend.

Konditionstraining im Alltag

- Vor allem sollten Sie sich Zeit lassen. Sie müssen nicht in kurzer Zeit zur Höchstform gelangen. Alle übertriebenen und gewaltsamen Versuche führen zu Enttäuschungen und steigern die Verspannungen. Dauerhaften Erfolg erreichen Sie nur, wenn Sie Ihre Leistungsfähigkeit langsam, sanft und kontinuierlich steigern. Außerdem muss Bewegung Spaß machen, sonst werden Sie dies nicht regelmäßig tun.

→ Tipp

Die Leistungsfähigkeit der Muskulatur ist bei einer Fibromyalgie oft sehr stark herabgesetzt. Es kommt bereits bei minimalen Belastungen, beispielsweise beim Treppensteigen, zu Muskelkater. Haben Sie Geduld mit sich, und machen Sie eventuell einen oder zwei Tage Pause – aber bleiben Sie am Ball! Versuchen Sie, sich weder zu über- noch zu unterfordern.

Gehen – die natürlichste Sportart

- Wenn Sie bisher noch untrainiert sind, ist zügiges Gehen (»Walking«) eine ausgezeichnete Sportart für Sie. Suchen Sie sich eine beliebige Trainingsstrecke aus – egal, ob im Park, im Wald oder auf der Straße vor Ihrem Haus. Gehen Sie einige Minuten lang mit raschen zügigen Schritten. Die Dauer hängt von Ihrer Leistungsfähigkeit ab. Möglicherweise sind Sie bereits nach ein oder zwei Minuten erschöpft. Dann lassen Sie es damit genügen. Wiederholen Sie aber diese Übung jeden Tag, und steigern Sie nach und nach die Dauer des Trainings. Legen Sie z. B. jeden zweiten oder dritten Tag eine Minute zu. Wichtig ist, dass Sie dies regelmäßig tun.

- Innerhalb von wenigen Wochen werden Sie eine Zunahme Ihrer Leistungsfähigkeit spüren. Dies geht erstaunlich schnell. Steigern Sie die Dauer, bis Sie jeden Tag 30 bis 60 Minuten gehen können. Ideal ist die Übung frühmorgens.
- Die nächste Belastungssteigerung besteht darin, die Geschwindigkeiten zu wechseln. Sie können damit in kleinen Stufen beginnen. Beschleunigen Sie Ihr Gehtempo auf das maximal Mögliche, halten Sie dies eine Weile, dann drosseln Sie das Tempo wieder. Das Wechselspiel kann als einfaches Intervalltraining beliebig oft wiederholt werden.

info

Für viele Betroffene hat sich Walking als optimale Bewegungsform erwiesen. Für den Anfang empfiehlt sich ein Kurs, der von vielen Volkshochschulen oder auch der Rheumaliga angeboten wird.

Besorgen Sie sich gute Schuhe und Regenkleidung. Auch bei schlechtem Wetter kann der flotte Spaziergang Spaß machen. Die frische Luft und ein paar Regenspritzer im Gesicht machen Sie richtig munter!

Gehtraining im Alltag

- Verzichten Sie öfter auf Auto oder Bus, steigen Sie eine Haltestelle früher aus, oder benutzen Sie ein entfernteres Parkhaus. Nutzen Sie auf dem Nachhauseweg die Zeit zu Fuß, um inneren Abstand von Ihrer Arbeit zu gewinnen. Gehen Sie bei dabei bewusster. Schreiten Sie weiter aus. Versuchen Sie, einen regelmäßigen Rhythmus zu finden. Sie werden feststellen, dass bewusstes Gehen zu Erholung und innerer Ruhe beiträgt.
- Verzichten Sie auf den Aufzug, oder steigen Sie ein Stockwerk früher aus! Treppensteigen ist das beste Konditionstraining. Wenn Ihr körperlicher Zustand besser ist, versuchen Sie es einmal mit mehr Schwung. Falls Ihnen das noch zu leicht fällt, nehmen Sie zwei Stufen auf einmal, oder stoppen Sie die

Belastung – nicht zu viel, nicht zu wenig

- Mit der Zeit werden Sie sich größere Belastungen zutrauen. Das richtige Maß ist leicht zu bestimmen: Sie müssen dazu nur den Puls messen und ein wenig rechnen:
- 220 minus Ihr Lebensalter ist der maximale Puls, der Ihrem Alter zuträglich ist. Den besten Trainingseffekt haben Sie, wenn sich während des Trainings Ihr Puls zwischen 60 und 80 Prozent dieses Maximalwerts bewegt.
- In diesem empfohlenen Trainingsbereich ist die Sauerstoffversorgung der Muskulatur ausgezeichnet (»aerobes Training«).
- Ist die Belastung höher, gehen Sie eine »Sauerstoffschuld« ein und werden Muskelkater bekommen (»anaerobes« Training). Unterhalb von 60 Prozent Ihres Maximalpulses sind Sie nicht ausreichend gefordert.

Zeit, die Sie benötigen. Die Möglichkeiten sind vielfältig. Für die Waden ist es z. B. ausgezeichnet, nur auf Zehenspitzen die Treppen zu steigen.

Training im Stehen

Bereits beim Stehen können Sie etwas für sich tun. Üblicherweise stehen die meisten Menschen unbeweglich mit dem ganzen Fuß gleichmäßig auf dem Boden. Das hat eine Reihe von Nachteilen. Der größte ist die fehlende Muskelpumpe der Wadenmuskeln. Wenn sich die Muskeln des Unterschenkels zusammenziehen, wird mit Hilfe eines Ventilsystems der Venen das Blut aus den Beinen herausgepumpt. So wird ein Anschwellen der Füße bei aufrechter Körperhaltung verhindert. Auch der Entwicklung von Krampfadern wird so entgegengewirkt. Vermeiden Sie also unbewegliches Ausharren, wenn Sie irgendwo warten

Beispiel für die Berechnung des Trainingspulses: Wenn Sie 40 Jahre alt sind, dann ist der Maximalpuls 180 Schläge pro Minute. Der untere Trainingspuls beträgt 108 Schläge pro Minute (180 mal 0,6), der obere Wert 144 Schläge pro Minute (180 mal 0,8).

Die Dehnübungen von Seite 69f. sind auch auf Video und DVD erhältlich: »Das Fibromyalgie-Dehnprogramm.« (Bestellung über Internet oder Telefon, siehe Tipp Seite 93)

müssen. Stellen Sie sich immer wieder auf die Zehenspitzen, wobei Sie kleine Wippbewegungen ausführen. So wird nicht nur die Zeit kürzer, Sie fördern damit auch die Blutzirkulation und kräftigen Ihre Wadenmuskeln. Besonders wichtig ist das, falls Sie bereits Venenprobleme haben sollten.

Radeln und Schwimmen – unschlagbar

Wenn Ihre Leistungsfähigkeit besser ist, dann sollten Sie an weitere Sportarten denken. Zwei besonders geeignete: Fahrradfahren und Schwimmen. Beides sind hervorragende Wege, das körperliche Wohlbefinden zu steigern. Fahrrad fahren kann man fast überall. Es macht Spaß, man benötigt keine große Vorbereitung und trainiert das Herz-Kreislauf-System, ohne die Gelenke zu belasten. Das Schwimmen bietet noch weitere Vorteile: Durch die reduzierte Schwerkraft im Wasser werden die Gelenke vollständig entlastet, so dass die Beweglichkeit auf angenehme, mühelose Weise zunimmt. Wenn Sie gern schwimmen, sollten Sie sich dieses Vergnügen regelmäßig gönnen.

→ Tipp

Sogar beim Sitzen können Sie etwas für die Muskulatur tun. Lehnen Sie sich einfach nicht an, sondern richten Sie den Oberkörper auf. So strafft sich der Körper, und der Rücken wird entlastet. Wenn Sie noch mehr für sich tun wollen, können Sie sich einen großen Gymnastikball (Pezziball) zulegen und ihn als Sitzgelegenheit verwenden.

Mit dem Hometrainer kann man auch bei schlechtem Wetter seine Trainingskilometer zurücklegen. Öffnen Sie am besten während des Radelns das Fenster, damit Sie genug Frischluft (aber keinen Zug!) bekommen.

Der Erfolg stellt sich ein

Nach regelmäßiger Bewegung werden Sie Folgendes feststellen: Zu Beginn geht es Ihnen möglicherweise schlechter. Schließen Sie in diesem Fall an die Bewegung eine Ruhe- und Entspannungsphase an.

Belohnen Sie sich z. B. mit einem heißen Bad. Diese erste Verschlechterung – eventuell verbunden mit Muskelkater – geht jedoch vorüber. Machen Sie dann für einen oder zwei Tage Pause! Schon nach wenigen Wochen werden Sie einen Zuwachs an Fitness feststellen. Sie fühlen sich insgesamt wohler, straffer, weniger müde, selbstbewusster, und Sie schlafen besser.

Aufwärmtraining

Beim Wandern oder Schwimmen können Sie einfach loslegen. Bei den meisten anderen Sportarten ist es sinnvoll, sich vor dem Training gut aufzuwärmen. Die einfachste Möglichkeit ist das rasche Gehen oder Laufen auf der Stelle. Zwei oder drei Minuten können bereits genügen. Sie sollten fühlen, wie es Ihnen warm wird.

Dehnübungen

Nach dem Aufwärmen sollten ein paar Dehnübungen folgen. Es gibt viele empfehlenswerte Übungsprogramme und Anleitungen. Die vier folgenden Übungen sollen Ihnen als Anregung dienen. Wichtig ist, dass Sie keine abrupten Bewegungen machen. Alles sollte leicht und ohne Schmerzen vor sich gehen.

- Übung 1

Neigen Sie den Kopf langsam in alle Richtungen, d. h. nach vorn, zur Seite und zurück. Wenn es Ihnen keine Beschwerden bereitet, können Sie ganz leicht mit der Hand mitziehen, ohne die andere Schulter anzuheben. Achtung: Kopfkreisen ist verboten – es strapaziert die Nackenwirbel zu sehr!

- Übung 2

Nun dehnen Sie die Schulter- und Armmuskeln. Halten Sie sich in Schulterhöhe an einem Schrank oder Türrahmen fest. Drehen Sie nun den geraden Oberkörper ganz langsam, ohne loszulassen, so weit zur Seite, dass Ihr Arm weit nach hinten gezogen wird. Anschließend den anderen Arm dehnen.

- Übung 3

Legen Sie sich auf eine Matte oder Decke. Unterhalb der Schulterblätter legen Sie ein kleines zusam-

info

Dehnübungen sind für Fibromyalgiepatienten besonders wichtig, da die gereizte Muskulatur meist verkürzt ist. Wenn man die strapazierten Muskeln mit Gewalt aufbauen will, verkürzen sie sich weiter und bereiten noch mehr Schmerzen.

Nach Übung 1 richten Sie sich auf, drücken die Brust heraus, nehmen die Schultern zurück und neigen den Kopf so weit nach vorn, dass sich ein Doppelkinn bildet. Halten Sie die Spannung zehn Sekunden lang.

Achten Sie bei Übung 4 unbedingt auf eine aufrechte Körperhaltung.

mengerolltes Handtuch. Lassen Sie die Arme weit hinter sich fallen. Auf diese Weise wird die Brust ganz weit. Entfernen Sie nun die Handtuchrolle. Aus der Rückenlage ziehen Sie jetzt die Beine fest an und umfassen sie mit den Armen.

- Übung 4

Als Letztes dehnen Sie die Oberschenkel. Stehen Sie aufrecht, und beugen Sie das Knie so weit, bis die Ferse den Po erreicht. Nehmen Sie auch hier die Hand zu Hilfe, und ziehen Sie sanft nach. Dann die Seite wechseln.

Krafttraining

Gerade wenn Sie lange keinen Sport getrieben haben, kann Krafttraining sehr sinnvoll sein, um einzelne Muskelgruppen aufzubauen. Dazu braucht es kein Fitnessstudio mit großen Geräten; es geht auch wesentlich einfacher. Ein äußerst praktisches und preiswertes Trainingsgerät sind elastische Gummibänder, die es in verschiedenen Stärken in Sport- und Sanitärgeschäften, meist als Thera®-Band oder Flexaband, zu kaufen gibt. Diese dehnen sich gleichförmig und bieten der Muskulatur einen sanften Widerstand. Übungen für die Wirbelsäule und die Arme sind hier besonders empfehlenswert.

Auch die Bauchmuskeln stärken

Eine besonders effektive Übung dient der Kräftigung der Bauchmuskeln. Diese Muskelgruppe ist für die aufrechte Haltung von überragender Bedeutung. Mit einer Kräftigung der Bauchmuskulatur entlasten Sie auch die Wirbelsäule.

- Übung 5

Legen Sie sich auf eine bequeme Unterlage, z. B. eine Decke. Drücken Sie den Rücken (vor allem die Lendenwirbelsäule) fest auf den Boden – kein Hohlkreuz machen! Danach richten Sie sich sehr langsam mit dem Oberkörper auf. Dies ist nur eine kleine Bewegung, Sie

info

Speziell für Fibromyalgie: Dehnübungen, Gymnastikübungen und Muskelaufbau mit Gymnastikband und -ball sind auch als Video und DVD erhältlich. (Bestellung über Internet oder Telefon, siehe Tipp Seite 93) brauchen mit dem Kopf nicht allzu hoch zu kommen. Als Variante können Sie die Beine abgewinkelt auf dem Boden stehen lassen. Halten Sie die Position für einige Sekunden, gehen Sie dann langsam wieder zurück in die Liegeposition. Es ist dabei günstig, nicht völlig zu entspannen, sondern es ist besser, den Oberkörper sofort wieder langsam aufzurichten. Die Übung zehnmal wiederholen.

- Übung 6

Auch die schräge Bauchmuskulatur soll trainiert werden. Richten Sie sich aus der Rückenlage (wie bei Übung 5) langsam auf, und zielen Sie mit dem linken Ellbogen auf das rechte Knie und umgekehrt. Bei beiden Übungen den Rücken fest auf dem Boden lassen.

5. Schritt – gesunden Schlaf fördern

Ein gestörter Schlaf ist eines der typischen Symptome der Fibromyalgie, kaum ein Patient bleibt verschont. Schlechter Schlaf ist aber nicht nur lästig, ja quälend, er führt auch zur Verstärkung der Schmerzen. So kommt es leicht zu einem Teufelskreis: Gestörter Schlaf bedingt Schmerzen, die wiederum führen zu Schlafstörungen. Falls Sie in einer solchen Situation mit der Einnahme von entsprechenden Medikamenten liebäugeln: Schlaftabletten sind ein äußerst zweischneidiges Schwert! So segensreich sie bei kurzem Gebrauch sein mögen, man gewöhnt sich doch sehr leicht an die Ein- und Durchschlafhilfe. Dann geht es bald nicht mehr ohne. Noch schlimmer: Viele Schlaftabletten unterdrücken die erholsamen Phasen des Schlafs, so dass Sie zwar geschlafen haben, sich aber dennoch am nächsten Morgen nicht erfrischt fühlen.

Erzwingen lässt sich nichts

Zunächst einmal sollten Sie keine übertriebenen Erwartungen an sich und Ihren Schlaf haben: Sie kön-

Sie sollten bei jeder Übung mit dem Kopf dabei sein, d. h. die Bewegungen gezielt und immer mit einer gewissen Kraftanstrengung ausführen.

→ Tipp

Bleiben Sie entspannt! Eine Nacht ohne Schlaf ist zwar unangenehm, aber keine Katastrophe. Sicherlich werden Sie müde sein, aber Ihre Stimmung wird durch den Schlafmangel möglicherweise sogar noch verbessert – ein Phänomen, das man oft in der Schlafforschung beobachtet hat.

nen ihn nicht erzwingen! Wenn Sie im Bett liegen und denken, Sie müssen sofort auf der Stelle einschlafen, weil Sie sonst am nächsten Tag unausgeschlafen sind, haben Sie gute Chancen, genau das nicht zu erreichen. Je mehr Sie sich unter Druck setzen, desto schlechter wird es gelingen. Außerdem ist das Schlafbedürfnis individuell sehr unterschiedlich. Die meisten Menschen kommen mit sechs bis sieben Stunden aus. Ältere Menschen benötigen oft wesentlich weniger.

Kurze Siesta

Eine ein- oder mehrstündige Siesta verkürzt den Nachtschlaf. Gegen ein kurzes Schläfchen (»Power-Napping«) ist dagegen nichts einzuwenden, allerdings nicht länger als eine viertel Stunde. Wichtig ist, die übliche Schlafenszeit einzuhalten, selbst wenn die Nacht zuvor quälend war. Wer mit den Hühnern zu Bett geht, wacht oft vermutlich beim ersten Hahnenschrei wieder auf.

→ Tipp

Entspannungsübungen können auch nachts erfolgreich eingesetzt werden. Benützen Sie das auf Seite 59 beschriebene Verfahren der Muskelrelaxation oder ein anderes, das Ihnen geläufig ist, wenn Sie nachts aufwachen und nicht wieder einschlafen können.

Wieder aufstehen

Legen Sie sich nur zum Schlafen ins Bett. Lesen, Essen, Arbeiten und Fernsehen sollten Sie dort nicht. Wälzen Sie sich auch nicht stundenlang im Bett, wenn Sie keinen Schlaf finden. Es hilft nicht, sondern trägt nur dazu bei, dass Sie zum Schluss Angst vor dem Bett bekommen. Liegen Sie öfter lange schlaflos im Bett, verbinden Sie zwangsläufig unangenehme Gefühle mit der Ruhestätte. Wenn Sie innerhalb einer vernünftigen Zeit (etwa 20 Minuten) nicht einschlafen können, stehen Sie wieder auf!

Richtig zur Ruhe finden

- Einschlafprobleme am Abend hängen natürlich auch damit zusammen, wie Sie Ihren Tag verbracht haben. Nichts fördert die Nachtruhe so wie körperliche Betätigung am Tag. Mit täglichem Sport haben Sie also gleich einen mehrfachen Vorteil. Auch Sauna oder warme Bäder haben eine förderliche Wirkung.
- Hilfreich für einen entspannten Schlummer sind kleine Rituale am Abend: Eine Tasse heißer Kräuter-

Essen, trinken, schlafen

- Schweres Essen vor dem Zubettgehen ist schlecht für den Schlaf. Halten Sie zwischen Abendessen und Zubettgehen einige Stunden Abstand. Wie lange, hängt von der Art Ihrer letzten Mahlzeit ab. Drei Stunden ist die Faustregel. Ansonsten ist Ihr Körper mit der Verdauung beschäftigt, wenn er entspannen soll, und speichert Brennstoff, den er nachts nicht braucht. Komplexe Kohlenhydrate, z. B. Vollkornprodukte oder Kartoffeln, fördern die Serotoninfreisetzung. Danach schläft es sich ruhiger als nach Wurst oder Fleisch.
- Ein beliebtes Schlafmittel ist der Alkohol. Ein Schlummertrunk fördert tatsächlich das Einschlafen. Aber Alkohol verhindert tiefen, erholsamen Schlaf, denn er hat eine zweiphasige Wirkung: In niedriger Konzentration wirkt er anregend, erst in höherer Dosierung beruhigend. Weniger bekannt ist, dass die gleichen Phasen auch beim Alkoholabbau auftreten. Sinkt der Alkoholspiegel im Lauf der Nacht, kommen Sie erneut in das muntere Stadium. Am frühen Morgen liegen Sie dann wach und wundern sich, warum Sie nicht wieder einschlafen können.

tee (z. B. Hopfen, Melisse oder Baldrian), verbunden mit einer angenehmen, nicht zu aufregenden Lektüre, kann helfen, Abstand vom Tag zu finden. So wird eine Überleitung in die Ruhephase geschaffen. Umgekehrt tragen aufregende TV-Filme nicht gerade zu sorgloser Bettruhe bei.

- Nachts um drei Uhr ist die beste Zeit, um erfolgreich zu grübeln. Zu keinem Moment des Tages erscheinen die Schwierigkeiten größer und unlösbarer. Gleichzeitig sind Sie dabei kaum in der Lage, eingebildete oder reale Probleme tatsächlich zu lösen. Ersparen Sie sich daher dieses sinnlose Brüten. Denken Sie

Zigaretten sind nicht nur ungesund, sie stören auch den Schlaf. Wenn Sie also schon immer vorhatten, mit dem Rauchen aufzuhören, dann dürfen Sie sich noch über einen zusätzlichen Vorteil freuen. Mehr Tipps von Dr. Weiss zum Thema Schlafen finden Sie in: »Gut schlafen«, Südwest-Verlag.

→ Tipp

Ihr Schlafzimmer sollte Ihren Schlummer wirklich fördern. Ausreichend frische Luft, nicht zu hohe Temperatur und eine rückenfreundliche (nicht zu harte) Matratze sind gute Voraussetzungen. Falls Ihr Schlafzimmer an einer lauten Straße liegt, überlegen Sie, ob nicht ein anderes Zimmer besser zum Schlafen geeignet ist.

Manchmal kann es sinnvoll sein, die Schlafzeit zu begrenzen. Gehen Sie spät ins Bett, und stellen Sie den Wecker zeitig. So paradox es auch klingen mag, dadurch schläft man oft besser.

bewusst an Angenehmes oder Nebensächliches, das Sie emotional nicht in Anspruch nimmt. Wenn es nicht gelingt, stehen Sie auf.

- Wenn Sie leicht aufwachen, kann es auch am Partner liegen. Lautes Schnarchen ist eine Belastung, unter der vor allem die Zuhörer leiden müssen. Zögern Sie in einem solchen Fall nicht, in einem anderen Raum zu schlafen – das hat nichts mit mangelnder Liebe oder Zuneigung zu tun.
- Wenn all diese Ratschläge nicht helfen, kann man die Einnahme pflanzlicher Wirkstoffe erwägen. Vor allem Baldrian, Hopfen, Melisse und Passionsblume sind seit Jahrhunderten bewährt. Sie erzwingen den Schlaf nicht wie ein synthetisches Schlafmittel, sondern erhöhen die Bereitschaft, in den erholsamen Schlummer zu sinken. Allerdings ist dabei eines zu beachten: Viele der angebotenen Präparate werden deutlich zu niedrig dosiert, bzw. die empfohlene Dosierung ist nicht ausreichend. Beim altbekannten Baldrian sollten Sie etwa zwei bis drei Gramm einnehmen, um eine sichere Wirkung zu erzielen.

Wenn's gar nicht anders geht …

Manchmal gibt es Situationen, da müssen Sie einfach schlafen. Bei solchen Ausnahmen – und nur dann – kann es vertretbar sein, ein synthetisches Schlafmittel einzusetzen. Allerdings sollten Sie dies auf einen oder sehr wenige Abende begrenzen. Wenn Sie ein Schlafmittel nehmen, sollten Sie auch das richtige verwenden. Für den kurzfristigen Gebrauch eignen sich vor allem Tranquilizer. Das sind Verwandte des Diazepams (z. B. Valium). Hier gibt es Unterschiede in der Dauer ihrer Wirkung. Am günstigsten sind Substanzen mit mittlerer Wirkungszeit (fünf bis acht Stunden). Solche Schlafmittel nie vorbeugend einnehmen! Nehmen Sie sie erst dann, wenn der Schlaf partout nicht kommen mag. Die Wirkung setzt dann rasch ein.

Viel frisches Obst und knackiges Gemüse sind für jeden gesund. Ihre Ernährungsumstellung wird daher auch Ihren Angehörigen gut tun.

Bis gegen ein Uhr haben Sie Zeit, ein solches Medikament einzunehmen. Am nächsten Morgen ist die Wirkung dann abgeklungen.

6. Schritt – gesunde Ernährung

Wie beschrieben, leiden die meisten Fibromyalgiekranken an Beschwerden im Magen-Darm-Trakt. Im Vordergrund steht hier daher eine richtige Ernährungsweise. Es geht darum, den Verdauungskanal mit einer Kost zu versehen, die für ihn bekömmlich ist. Dabei handelt es sich um all die Lebensmittel, die unverändert in der Natur vorkommen: Rohe, grobe, vorwiegend vegetarische Kost ist dem menschlichen Organismus am dienlichsten.

Eine einfache Grundregel

Im Prinzip sollten Sie einfach viel Gemüse, Salat und Vollkornprodukte zu sich nehmen und dabei gleichzeitig Fleisch, Fettes und Süßes reduzieren. Wenn Sie sich auf eine Weise ernähren, wie sie im Kasten auf Seite 77 beschrieben ist, tun Sie nicht nur Ihrem Magen einen Gefallen, Sie vermeiden so auch schwere Krankheiten, vom Herzinfarkt bis hin zu vielen Krebsarten. Leider gibt es bei der naturgemäßen Essensweise ein Problem: Diese gesunde, grobe Kost ist relativ schwer verdaulich. Gerade wenn der Magen gereizt ist, verträgt er die harte Nahrung nur schlecht. Er quält sich eine Weile damit herum

info

Ein träger Darm wird durch Quell- und Ballaststoffe und durch reichliches Trinken von Wasser oder Tee angeregt. Probieren Sie mal die tägliche Einnahme von Leinsamen, in Joghurt verrührt oder mit Saft vermischt; er schmeckt nicht nur angenehm nussig, sondern enthält außerdem viele Mineralstoffe. Weitere Quellmittel sind: Weizen- und Haferkleie, Milchzucker und indischer Flohsamen.

und gibt dann die nur halb verdaute Nahrung in den Darm weiter – mit den beschriebenen Folgen.

Fitnessprogramm für Magen und Darm

Trotzdem überwiegen gegenüber der ungesunden Nahrung die Vorteile: Die faserarme, weiche Nahrung ist für den Darm keine adäquate Herausforderung. Der Verdauungstrakt ist durch die weiche Nahrung unterfordert und wird auf Dauer immer schlaffer. Wer also das Gefühl hat, mit gesunder Kost verdauungsmäßig überfordert zu sein, benötigt eine aus Schon- und Trainingsphase bestehende Übergangszeit.

info

Selbst Diabetiker können drei Mahlzeiten zu sich nehmen, wenn sie auf Weißmehlprodukte und Süßes verzichten. Vollkornprodukte und Gemüse werden langsam aufgenommen und erzeugen einen gleichmäßigen Blutzuckerverlauf. Bei der Umstellung muss jedoch engmaschig der Blutzucker kontrolliert werden.

Falls Sie auf Ihren Säure-Basen-Haushalt achten müssen: Die hier empfohlene Schonkost bildet eine sehr ausgewogene Ernährung, die einer Übersäuerung entgegenwirkt.

Die Schonphase

- In der Schonphase gönnen Sie Ihrem Magen eine kleine Pause. Sie brauchen dazu nicht zu fasten: Bewährt hat sich eine Getreideschonkost. Dabei essen Sie dreimal pro Tag ausschließlich gekochtes Getreide. Sie kaufen also ganzes Getreide (Hafer, Dinkel, Roggen, Weizen usw.) und lassen es relativ fein mahlen. Daraus kochen Sie mit klarer Gemüse-/Fleischbrühe Suppe oder Brei. Je stärker der Magen gereizt ist, desto länger muss das Essen gekocht werden (Faustregel: 20 Minuten). Auch Haferflocken- oder Kartoffelsuppe ist eine gute Erholungsmöglichkeit für den überforderten Magen.
- Dies halten Sie etwa eine Woche lang durch. Nehmen Sie in dieser Zeit wirklich nur diese Kost und keine weitere Nahrung zu sich, vor allen Dingen nichts Süßes, kein Fleisch und nichts Rohes! Am Ende der Woche werden Sie einen deutlichen Unterschied in Ihrem Leib feststellen: weniger Geräusche, weniger Blähungen, dafür aber ein erhöhtes Wohlbefinden. Gleichzeitig werden Sie etwa ein bis zwei Kilogramm abgenommen haben.

Die Trainingsphase

- Nun folgt die Trainingsphase. Dabei wird der Verdauungstrakt langsam an gröbere Nahrung gewöhnt. Fügen Sie schrittweise

Regeln zur gesunden Ernährung

- Der größte Teil der Nahrung (mindestens 70 Prozent) sollte pflanzlichen Ursprungs sein: Obst, Gemüse und Salate bilden zusammen mit Getreideprodukten und Kartoffeln die Basis der Ernährung. Auf diese Weise ist auch die Aufnahme vieler Ballaststoffe gewährleistet, die für die Verdauung so unersetzlich sind.
- Rohe, ungekochte Nahrung sollte nicht die Ausnahme, sondern ein fester Bestandteil der Ernährung sein. Nehmen Sie die Hälfte der Pflanzennahrung als Obst und Salat zu sich.
- Fleisch ist keine tägliche Nahrung; ein- bis zweimal pro Woche ist genug. Anstelle von Fleisch sind Milchprodukte oder Fisch hervorragende Eiweißspender.
- Der Fettanteil der Nahrung soll nicht höher als 20 bis 30 Prozent sein. Tierische Fette sollten so weit wie möglich gemieden und durch pflanzliche Fette wie Oliven- oder Nussöl ersetzt werden.
- Je mehr Nahrung im Naturzustand ist, d. h. nicht industriell vorgefertigt ist, desto günstiger ist dies für die Ernährung.
- Auf Zucker und zuckerhaltige Nahrungsmittel weitgehend verzichten. Achten Sie auf versteckten Zucker in Fertignahrungsmitteln! Faustregel: Verwenden Sie nur so viel Zucker wie Salz.
- Zwischen den Mahlzeiten müssen ausreichende Pausen liegen – ca. fünf Stunden. Längere Pausen schaden der Gesundheit nicht.
- Sauermilchprodukte sind der Vollmilch vorzuziehen.
- Wasser und Tee sind ideale Getränke. Auf Limonaden oder Säfte sollte man lieber verzichten.

Mehr zum Thema »Ernährung bei Fibromyalgie« finden Sie in »Fibromyalgie – das erfolgreiche Ernährungsprogramm« von Dr. Weiss. Darin werden Sie mit schmackhaften Rezepten Schritt für Schritt durch einen mehrwöchigen Nahrungsaufbau geführt (Südwest-Verlag).

Gemüse und Salat dem Getreide bzw. den Kartoffeln hinzu. Es ist ratsam, mit wenig blähenden Sorten wie Karotten, Zucchini, Fenchel usw. zu beginnen. Meiden Sie zunächst Kohl, Kraut und Hülsenfrüchte. Steigern Sie dann den Anteil der rohen und frischen Nahrung. Achten Sie auf Ihren Bauch: Wenn es stark rumpelt, war die Nahrung unverträglich. Gehen Sie dann wieder einen Schritt zurück, und essen Sie bei der nächsten Mahlzeit nur Gekochtes.

- Käse, Sahne und Quark sind nun willkommene Abwechslung. Vollkornbrot ist am wenigsten belastend, wenn es fein geschrotet und nicht zu frisch ist. Dagegen wird Knäckebrot fast immer vertragen.

→ Tipp

Das haben unsere Großeltern schon gemacht, und die alten Chinesen tun es heute noch: Nach dem Aufstehen das Fenster öffnen (oder noch besser: ins Freie gehen) und erst einmal tief durchatmen. Eine anschließende 15-minütige Übungsreihe, bestehend aus leichten Lockerungs- und Dehnübungen (siehe dazu Seite 69f.), bringt Ihren Kreislauf in Schwung, regt Ihre Durchblutung an und bringt Sie fit durch den Tag!

- Besonders wichtig ist ein gesundes Frühstück: Gekochtes Getreide oder Haferflocken und Obst sind ausgezeichnet verträglich. Hierbei handelt es sich um nichts anderes als um Porridge, wie es in vielen Ländern gegessen wird.
- Verbannen Sie Fleisch- und Wurstwaren noch eine ganze Weile von Ihrem Tisch. Fisch ist eine gute Alternative. Doch vor allem sollten Sie Süßes möglichst ganz meiden. Das fällt am Anfang schwer, doch schon nach wenigen Wochen werden Sie kaum noch etwas vermissen. Der gesundheitliche Vorteil ist ganz erheblich.
- Etwa drei bis sechs Wochen lang sollte so ein Nahrungsaufbau dauern. In dieser Zeit ist der Verdauungskanal in der Lage, sich auf die gesunde Nahrung einzustellen. Sie sollten danach mit Ihrem Bauch weit weniger Last haben, er wird sich im Gegenteil angenehm ruhig und wohlig anfühlen.

7. Schritt – bessere Durchblutung

Fibromyalgiekranke sind verfrorene Zeitgenossen. Sie frösteln bereits, wenn es anderen Menschen noch angenehm warm ist, und leiden an kalten Händen und Füßen. Hintergrund sind wahrscheinlich die beschriebenen Störungen der Mikrozirkulation. Viele der bisherigen Ratschläge und Empfehlungen bringen den Kreislauf schon sehr effektiv in Schwung. Vor allem Sport und gesunde Ernährung fördern den Blutstrom in den kleinen Gefäßen.

Weitere Maßnahmen

- Reichlich trinken! Zwei bis drei Liter pro Tag sind ein guter Anhaltspunkt. Dadurch wird das Blut verdünnt und fließt leichter durch die Kapillaren.
- Falls Sie noch rauchen, sollten Sie bedenken, dass dadurch die Durchblutung erheblich eingeschränkt wird.
- Verschiedene Pflanzenstoffe können zur Durchblutungsverbesserung sinnvoll eingesetzt werden. Ginkgo biloba und auch Knoblauch haben einen positiven Effekt auf den Blutfluss. Knoblauch können Sie in natürlicher Form zu sich nehmen, wenn Sie keine Angst vor den bekannten geruchlichen Nebenwirkungen haben. Einen Extrakt aus den Blättern des Ginkgobaums gibt es als Kapseln und Lösungen in der Apotheke.

8. Schritt – Therapie des Lymphödems

Ein außerordentlich lästiges Symptom für Frauen sind Wassereinlagerungen und Schwellungen, die um die Augen, in Fingern und Sprunggelenken, in Brust und Unterleib auftreten können. Der erste Gedanke, der einem Arzt bei solcher Symptomatik in den Sinn kommt, heißt »wassertreibende Medikamente«. Doch diese helfen nur kurzfristig. Außerdem haben sie einen unerwünschten Nebeneffekt: Sie führen zu einer Eindickung des Bluts. Wirkungsvoller sind andere Wege.

- Durch ausreichende Bewegung tun Sie sich in dieser Beziehung einen großen Gefallen. Lymphbahnen haben keine eigene

Kneippsche Wasseranwendungen (siehe Seite 61) regen die Durchblutung und den Lymphfluss an.

info

Eine Lymphdrainage kann Wunder wirken – jedoch nur, wenn sie von einer Fachkraft ausgeführt wird! Um eine Lymphdrainage vornehmen zu können, muss der Masseur speziell dafür ausgebildet sein, denn gerade bei dieser Massageart kann es zu unangenehmen Folgeerscheinungen kommen.

Gesunde Ernährung für die Lymphe

- Alles, was Magen und Darm reizt, schädigt auch den Lymphstrom, da kein Organ so stark mit Lymphbahnen durchsetzt ist wie die innere Oberfläche des Verdauungstrakts. Dementsprechend liegen Sie mit der oben empfohlenen Ernährungsweise genau richtig.
- In Zeiten, in denen die Wassereinlagerungen besonders störend sind, sollten Sie Ihren Bauch besonders schonend behandeln. Meiden Sie dann Alkohol, Kaffee und möglichst auch Salz. Legen Sie stattdessen einen Reistag (ohne Salz) ein.
- Auch Spargel kann – sofern verfügbar – zur Entwässerung beitragen. Wenn Sie dazu noch einige Tassen Brennnesseltee trinken, werden Sie sich bald sehr viel wohler fühlen.

Mit homöopathischen und pflanzlichen Medikamenten lässt sich das Lymphödem wesentlich besser behandeln als mit wassertreibenden Mitteln, die das Blut eindicken.

Pumpe. Sie sind Einbahnstraßen, die von vielen Ventilen durchsetzt sind. Sobald wir uns bewegen, werden die Lymphbahnen zusammengepresst, und der Lymphstrom wird weitertransportiert.

- Als zusätzlicher Schritt empfehlen sich Lymphdrainagen. Hierbei handelt es sich um eine sanfte Massagetechnik, bei der die Wassereinlagerungen über die Lymphbahnen ausgestrichen werden. Nach einer derartigen Massage fühlen sich viele Frauen deutlich erleichtert.

9. Schritt – welche Medikamente helfen?

Bei der Fibromyalgie sind Tabletten in ihrer Wirkung leider sehr begrenzt. Es gibt kein Mittel, mit dem die Erkrankung selbst geheilt werden könnte, allenfalls solche, die die Symptome lindern.

Rheumamittel helfen wenig

Während bei rheumatischen Erkrankungen große Erfolge mit antientzündlichen Medikamenten zu erzielen sind, ist der Erfolg bei

Fibromyalgie äußerst bescheiden. Ganz besonders gilt das für Kortison. Dieses »Wundermittel« bewirkt bei der Fibromyalgie gar nichts. Nur die Nebenwirkungen stellen sich zuverlässig ein. Auch die meisten Antirheumamittel (z. B. Diclofenac) und Schmerzmittel enttäuschen. Selbst stark wirkende Schmerztabletten vom Morphintyp, die sonst nie versagen, bringen keine Erleichterung. Man kann – und das erschwert die Behandlung zusätzlich – kein Medikament nennen, das für alle Patienten gleichermaßen wirksam ist. Manche Kranke sprechen auf ein Präparat hervorragend an, während es für andere völlig wirkungslos ist. Sie müssen daher für sich selbst herausfinden, welche Pillen für Sie die besten sind! Allerdings finden Sie im Folgenden einige Medikamente, mit denen Sie in Absprache mit Ihrem Arzt am ehesten Erfolgschancen haben werden.

Schmerzmittel

Am besten von allen Schmerzmitteln hat sich eine einfache und gut verträgliche Substanz bewährt: das Parazetamol. Manche Patienten machen auch gute Erfahrungen mit Azetylsalizylsäure (z. B. Aspirin), Ibuprofen oder Tramadol. Nebenwirkungen sind jedoch nicht selten, vor allem in höheren Dosierungen.

Muskelentspannende Mittel

Muskelentspannende Medikamente sind eine günstige Alternative zu Rheumamitteln. Sie helfen, die verkrampfte und schmerzhafte Muskulatur zu lockern. Allerdings dürfen Sie auch hier Ihre Erwartung nicht zu hoch stecken. Als alleinige Maßnahme sind sie unzureichend. Ein Nachteil der meisten Präparate ist die damit verbundene Müdigkeit.

»Antidepressiva«

Eines der wirksamsten medikamentösen Behandlungsverfahren bei der Fibromyalgie sind Medikamente, die den erniedrigten Sero-

Wer lieber ein pflanzliches Schmerzmittel einnehmen möchte, ist mit der Weidenrinde gut beraten. Sie wird gerne als »natürliches Aspirin« bezeichnet. Es gibt sie als Tee oder Fertigpräparat in der Apotheke.

→ Tipp

Wenn Sie völlig auf chemische Substanzen verzichten wollen, sollten Sie es einmal mit homöopathischen Heilmitteln versuchen. Sie sind eine echte Alternative zur gängigen Arznei. Natürlich müssen auch sie richtig verordnet und dosiert werden, also sollten Sie sich gut beraten lassen. Vertrauen Sie sich bitte nur seriösen, erfahrenen Ärzten und Heilpraktikern an – leider gibt es allzu viele, die die Gutgläubigkeit ihrer Mitmenschen ausnutzen.

toninspiegel in Blut und Gehirn erhöhen. Die Präparate aus dieser Gruppe fasst man oft unter dem Begriff »Antidepressiva« zusammen, also Mittel zur Behandlung von Depressionen. Am bekanntesten ist das Amitriptylin. Diese Medikamente vermindern die Wiederaufnahme der zur Reizübertragung zwischen zwei Nerven freigesetzten Serotoninmoleküle; sie stehen damit dem Organismus länger und in größerer Anzahl zur Verfügung. Als positive Nebenwirkung fördern sie den erholsamen Schlaf und mindern depressive Stimmungen.

info

Als Nebenwirkungen können u.a. folgende Symptome auftreten:

- Müdigkeit (erwünscht!)
- Schwindel
- Mundtrockenheit
- Verstopfung
- Sehstörungen
- Kreislaufbeschwerden

Im Internet findet sich vollmundige Werbung für Präparate mit wohlklingenden Namen und »garantierter Wirkung«. Hier ist Vorsicht geboten! Man sollte sich die Zusammensetzung der Mittel notieren und vor der Bestellung mit einem sachkundigen Arzt sprechen.

Risiken und Nebenwirkungen

Bei Fibromyalgie dosiert man Amitriptylin wesentlich niedriger als bei Depressionen. Statt 75 Milligramm reichen meist 5 bis 25 Milligramm völlig aus, gelegentlich sogar noch kleinere Mengen. Wie alle Medikamente aus dieser Gruppe sollte Amitriptylin nicht zusammen mit Alkohol und Schlafmitteln genommen werden. Auch bei erhöhtem Augeninnendruck (Glaukom, grüner Star), Herzrhythmusstörungen und Problemen mit dem Wasserlassen muss man auf das Präparat verzichten. Nicht alle Patienten erreichen mit Amitriptylin eine Verbesserung ihrer Beschwerden; bei einigen wirkt es besser, wenn es mit anderen Medikamenten (z. B. Schmerzmitteln) kombiniert wird. Doch das sind Dinge, die Sie zusammen mit Ihrem Arzt klären sollten.

Lokalanästhetika

Ein ganz anderer Therapieansatz ist die Behandlung mit örtlichen Betäubungsmitteln. Solche Substanzen werden etwa bei kleineren chirurgischen Eingriffen verwendet. Bei der Fibromyalgie spritzt man die Betäubungsmittel in den Muskel-Sehnen-Übergang. Damit erreicht man oft einen sehr schnellen Erfolg, d. h. ein promptes Nachlassen der Schmerzen. Nebenwirkungen treten im Allgemeinen bei dem gut verträglichen Verfahren nicht auf.

Leider gibt es zwei Einschränkungen: Wenn die Schmerzen überall sitzen, kann man nicht jeden Muskel-Sehnen-Übergang behandeln. Das würde niemand mitmachen. Zum anderen hält die Wirkung nicht immer lange an, Stunden oder Tage später treten die Schmerzen wieder auf. Nach erneuter Behandlung können aber die schmerzfreien Intervalle länger werden.

Einreibemittel

Ob äußerlich angewendete Salbe, Rheumamittel oder wärmende Pflaster einen Einfluss auf das Krankheitsgeschehen haben, ist zweifelhaft. Die meisten Patienten haben damit keinen großen Erfolg. Eine Substanz sei jedoch erwähnt. Es ist das Kapsaizin, der Stoff, der den Cayennepfeffer so scharf macht. Wenn man es auf die Haut aufträgt, kommt es zu einer Beeinflussung der so genannten Substanz P in den Nervenendigungen und damit zu einem Nachlassen von Schmerzen. Für den Dauergebrauch ist Kapsaizin allerdings nicht geeignet.

Naturheilkunde

Melatonin

In den USA ist die Einnahme von Melatonin zur Schlafverbesserung sehr beliebt. Es ist in jedem Supermarkt rezeptfrei erhältlich. Wenige Untersuchungen zeigen, dass auch Fibromyalgiepatienten günstig auf Melatonin in niedriger Dosis (z. B. drei Milligramm) ansprechen, und der Schlaf dadurch erholsamer wird.

Melatonin ist in Deutschland nicht zugelassen. Die Einnahme sollte mit dem Arzt abgesprochen werden.

Vitamine

Wenn Sie obigen Empfehlungen zur gesunden Ernährung folgen, werden Sie sicherlich mit ausreichend Vitaminen versorgt sein.

- Eine der wichtigen Aufgaben der Vitamine ist die Ausschaltung von so genannten freien Radikalen. Das sind Substanzen, die im Körper durch die natürliche Verbrennung der Nahrung oder durch UV-Licht, Strahlung und Umwelteinflüsse entstehen. Diese extrem reaktionsfreudigen Radikale greifen Zellen

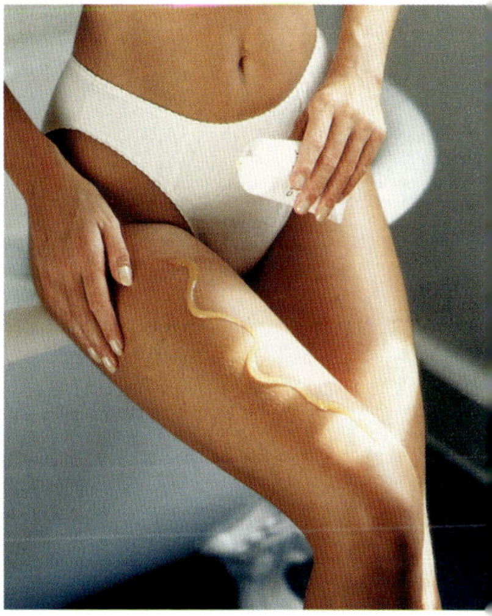

Die meisten der angebotenen Einreibemittel helfen bei Fibromyalgie wenig – nur der entspannende Massageeffekt bringt manchmal etwas Linderung.

Pfefferminzöl ist in der Apotheke u. a. in Form von praktischen Rollstiften erhältlich.

an und können zu Schäden und frühzeitiger Alterung führen. Der Körper besitzt ein spezielles Abwehrsystem, das die Attacken kontern kann. Dazu benötigt er Vitamine (z. B. Vitamin E) und Spurenelemente wie Selen. Es liegt daher nahe, die schützenden Vitamine zusätzlich einzunehmen, um den Körper zu unterstützen. Vor allem gilt dies, wenn das Abwehrsystem überfordert ist, wie es bei der Fibromyalgie häufig der Fall ist.

- Es ist aber umstritten, ob man Vitamine auf Dauer und in hohen Dosierungen einnehmen sollte.

Wenn Sie ein Vitaminpräparat einnehmen möchten, sollte es möglichst Folgendes enthalten: Vitamin-B-Komplex, die Vitamine C und E, Beta-Karotin sowie Selen.

- Nicht alle schützenden Hilfsstoffe gibt es als Pillen. In Gemüsen und Salaten finden sich unzählige weitere Stoffe (z. B. Flavonoide, pflanzliche Phenole), die ähnliche Effekte wie Vitamine aufweisen. Vitamintabletten sind also kein Ersatz für bewusste Ernährung!

info

Auch Medikamente, die sonst gegen Epilepsie eingesetzt werden, können bei chronischen Schmerzen hilfreich sein. Verschiedene Studien zeigten auch eine Wirksamkeit bei Fibromyalgie. Oft empfiehlt sich eine langsame, einschleichende Dosierung, um die Nebenwirkungen geringer zu halten.

Pflanzliche Medikamente

Verschiedene pflanzliche Präparate können bei der Behandlung der Fibromyalgie sinnvoll eingesetzt werden. Pfefferminzöl ist überaus wirksam gegen Kopfschmerzen und Migräne. Man reibt es im Schläfenbereich ein oder gibt einen Tropfen in die Nase. Gegen die vielfältigen Magen-Darm-Beschwerden können Heilkräutertees getrunken werden. Pfefferminze, Fenchel, Kamille, Wermut und Tausendgüldenkraut haben sich bewährt. Ein anderes pflanzliches Medikament, das gelegentlich empfohlen wird, ist Weihrauch, das eine stark entzündungshemmende Wirkung hat.

Homöopathische Medikamente

Auch Homöopathika können eine günstige Wirkung bei der Fibromyalgie entfalten. Ihre Auswahl richtet sich nach dem jeweiligen Beschwerdebild. Lassen Sie sich von Ihrem Homöopathen beraten.

10. Schritt – die Psychotherapie

Die Fibromyalgie ist keine seelisch bedingte Erkrankung. Dementsprechend kann man sie nicht ausschließlich mit psychotherapeutischen Verfahren heilen. Auf der anderen Seite spielen seelische Faktoren bei der Entstehung und im Verlauf der Fibromyalgie in der Regel eine wichtige Rolle. Deshalb ist es notwendig, auch die emotionalen Aspekte der Erkrankung zu berücksichtigen.

Der Umgang mit sich selbst

Nicht jeder Fibromyalgiepatient braucht deswegen gleich seinen eigenen Psychiater oder Psychotherapeuten. Jede wesentliche Änderung des Verhaltens, ein intensives Gespräch mit Freunden oder ein schöner Urlaub kann psychotherapeutisch wirksam sein. Es geht in erster Linie darum, dass Sie auf Ihre eigenen seelischen Bedürfnisse im Rahmen der Erkrankung Rücksicht nehmen, dass Sie zu einem entspannten, toleranten und ehrlichen Umgang mit sich selbst finden. Falls Sie unter Fibromyalgie leiden, dann geht es Ihnen nicht sonderlich gut, und Sie haben es verdient, rücksichtsvoll behandelt zu werden.

Es sich selbst gut gehen lassen, das bedeutet für schmerzgeplagte Menschen oft körperliche Schonung, gutes Essen und Trinken. Doch das ist leider das Verkehrte: Süßes, Fettes und Alkohol machen die Krankheit auf Dauer nur schlimmer. Ebenso verschlechtern sich langfristig die Beschwerden, wenn man auf Bewegung verzichtet. Vieles, was bei der Krankheit hilft, ist anstrengend und bedeutet auch Verzicht. Doch wie kann man den leisten, wenn das Allgemeinbefinden sowieso schon reduziert ist?

→ Tipp

Falls Sie Aromatherapie schätzen, sollten Sie es einmal mit Basilikum-, Kamillen-, Lavendel- oder Zypressenöl versuchen. Diese Öle sollen sich auf das Krankheitsbild günstig auswirken.

Belohnungen und Rücksichten

Der wichtigste Schritt: Entdecken Sie neue Wege, sich selbst zu belohnen und auf sich selbst Rücksicht zu nehmen. Im Einzelnen könnten das folgende Dinge sein:

In vielen Städten gibt es bereits Selbsthilfegruppen. Fast jede Woche kommen neue hinzu. Wenn Sie sich erkundigen wollen, wo Ihre nächsten Ansprechpartner sind, rufen Sie bei einer der Selbsthilfezentralen an. Die Adressen finden Sie in der hinteren Umschlaginnenseite.

- Nicht alles auf einmal und unter Zeitdruck erledigen
- Auf jede Anspannung eine Entspannung folgen lassen
- Die eigene Zeit gut planen, z. B. Aufgabenlisten führen
- Überlegen, wann die beste Zeit für welche Aufgabe ist
- Die eigenen Grenzen akzeptieren
- Frühzeichen der Überforderung erkennen, Pausen einlegen
- Nein sagen lernen
- Sich selbst ablenken, wenn etwas nicht funktioniert
- Zu sich selbst genauso rücksichtsvoll sein, wie man es anderen Menschen gegenüber ist

→ Tipp

Es ist doch schon ein Genuss, eine Mahlzeit in aller Ruhe genießen zu können! Wenn Sie Ihren Speiseplan nun auch schon umstellen mussten – Sie glauben gar nicht, wie köstlich eine gesunde Ernährung sein kann! Gehen Sie mal in ein vegetarisches Restaurant: Es erwartet Sie eine Vielfalt feinster Gourmetgerichte, die Ihren Gaumen verwöhnen. Vielleicht finden Sie auch in Ihrem Stammrestaurant Gerichte, die einer ausgewogenen Ernährung entsprechen.

Kontakte suchen

Die meisten Fibromyalgiepatienten glauben, dass sie allein von den rätselhaften Symptomen betroffen sind. Der Kontakt mit Leidensgenossen ist daher für die meisten Kranken eine sehr große Entlastung und praktische Hilfe. Suchen Sie also das Gespräch mit Menschen, die gleichfalls an Fibromyalgie leiden. Sie werden feststellen, dass Sie mit Ihren Beschwerden nicht allein sind. Diese Erfahrung ist von unschätzbarer Bedeutung. Außerdem können Sie vom Wissen profitieren, das andere im Umgang mit der Erkrankung gesammelt haben: nützliche Adressen in Ihrer Nähe, praktische Hilfen, Erfahrungen im Umgang mit Ärzten, Krankenhäusern, Krankenkassen, Krankengymnasten, Masseuren usw.

Fibromyalgie und Partnerschaft

Jede Krankheit bedeutet eine Beeinträchtigung der Partnerschaft. Entfernteren Personen gegenüber kann man eine Krankheit schon mal überspielen – der Partner dagegen bekommt die Beschwerden hautnah mit. Neben der eigenen Person ist er am meisten davon betroffen. Ehepartner oder Ehepartnerin, Freundin oder Freund, Eltern, Kinder, Geschwister leiden zwangsläufig mit.

Tagebuch der schönen Dinge

- Legen Sie sich ein kleines Tagebuch zu. Nehmen Sie sich einmal am Tag einige Minuten Zeit, um die letzten 24 Stunden Revue passieren zu lassen. Überlegen Sie, was Ihnen gut getan hat. Was waren die besten Momente?
- Notieren Sie sich diese Ereignisse. In der Mehrzahl der Fälle wird das nichts Großes sein. Doch in der Summe machen diese Unbedeutsamkeiten das Leben aus! Sie könnten sich z. B. notieren, dass Sie jemand auf der Straße freundlich angesehen hat, Sie zwei Minuten ausgeruht haben, Sie sich gewehrt haben, als sich jemand in der Schlange vorgedrängt hat.
- Das schriftliche Festhalten ist wesentlich. Und: Schreiben Sie nur die guten Ereignisse auf! Die meisten Menschen neigen dazu, diese rasch zu vergessen. Die schlechten Momente bleiben dafür im Gedächtnis haften. »Aus Schaden wird man klug«, heißt es. Doch wenn sich Schmerzen jeden Tag wiederholen, wird man dadurch in keiner Weise schlauer. Dagegen lohnt es sich sehr, auf alle Momente zu achten, in denen die Krankheit erträglicher ist. Da muss zweifellos etwas gewesen sein, was Ihnen gut getan hat! Das gilt es herauszufinden und zu nützen.
- Wenn Sie über einige Wochen Buch geführt haben, werden Sie eine bis dahin unbekannte Seite von sich selbst entdecken. Sie werden eine kleine Sammlung Ihrer Stärken, von Tipps und Tricks gegen die Krankheit erwerben. Wenn es Ihnen einmal nicht so gut geht, blättern Sie in Ihren Aufzeichnungen. Was hat mir denn früher einmal gut getan? Wie könnte ich mir jetzt am besten selbst helfen? Schließlich werden Sie bemerken, Ihr Selbstbewusstsein nimmt auf diese Weise zu!

Weitere Fragen, die Sie sich bei Ihrer 24-Stunden-Rückschau stellen sollten, sind: Wann habe ich mich relativ wohl gefühlt? Wann hatte ich wenige oder keine Beschwerden? Wann habe ich meine Krankheit vergessen?

Belastungen und Schuldgefühle

Bereits eine 14-tägige Erkältung kann Auswirkungen auf eine Partnerschaft haben. Eine monate- oder jahrelange Krankheit ist eine der schwersten Belastungen, die eine Beziehung zu verkraften hat. Es ist fast so, als ob die Krankheit als unerwünschte und unsichtbare Person mit im Haushalt leben würde.

In den meisten Fällen leidet der Erkrankte dann unter Schuldgefühlen. Doch auch der Partner gerät in eine schwierige emotionale Lage. Er bemüht sich, zu unterstützen und zu helfen, wo es nur geht. Doch seine Bestrebungen verlaufen bei der Fibromyalgie im Sand. Das erzeugt Enttäuschung, Ärger und einen verdeckten inneren Vorwurf. Da ein Fibromyalgiekranker nichts für seine Krankheit kann, bekommt möglicherweise der Lebenspartner selbst irgendwann Schuldgefühle, weil er so wenig helfend eingreifen kann. So sind schließlich beide in gegenseitigen Vorwürfen und Schuldgefühlen verstrickt. Darunter leiden die Lebensfreude und die Beziehungsqualität. Gefühle erkalten, und zur Krankheit kommt nun auch noch eine Beeinträchtigung der Partnerschaft hinzu.

info

Eine Lebensänderung oder gar eine Lebensumstellung ist nicht allein zu bewerkstelligen, wenn Sie in einer Beziehung leben. Sprechen Sie mit Ihrem Partner offen über Ihre Gedanken, Wünsche und natürlich auch über Ihren Gesundheitszustand.

Nur durch gemeinsame Gespräche und gegenseitiges Verständnis kann eine Partnerschaft in schwierigen Lebenssituationen überleben und gestärkt daraus hervorgehen.

Viel Aufmerksamkeit ist nötig

Angesichts der schweren Dauerbelastung braucht die Paarbeziehung eine besondere Pflege. Vielleicht ist das für Sie ein nicht vertrauter Gedanke. Eine gute Beziehung funktioniert oft viele Jahre, ohne dass sich die Partner darüber Gedanken machen. Es scheint wie im Märchen zu sein: Hat man nur den Richtigen oder die Richtige gefunden, dann bleiben sie glücklich bis an das Ende ihrer Tage. Doch die Wirklichkeit ist meist anders. Mangels gegenseitiger Aufmerksamkeit schleifen sich alltägliche Handlungen immer mehr ein, und irgendwann stellt man fest, dass der alte Zauber verflogen ist, ohne dass man es gemerkt hat. Beziehungspflege bedeutet also, die Partnerschaft bewusst lebendig und

Sich gegenseitig achten und beachten: Das sind zwei der Grundpfeiler einer guten Beziehung, die auch schwere Zeiten überstehen kann.

attraktiv zu halten, besonders wenn sie unter einer schweren äußeren Belastung steht.

Wie einst im Mai...

Wie so ein liebevoller Umgang miteinander auszusehen hat, dafür gibt es selbstverständlich kein Patentrezept. Jedes Paar hat seine eigenen Bedürfnisse und kann in den unterschiedlichsten Situationen wieder auftanken. Ein schönes Modell für das gute Gestalten einer Beziehung ist die Zeit, in der sich zwei Menschen kennen und lieben lernen. Alles, was sie in dieser Lebensphase unternehmen, dient letztendlich der Beziehungsförderung. Denken Sie einmal an die Zeit zurück, in der Sie Ihren Partner kennen gelernt haben.

Häufig ist es so: Man denkt lange zuvor an das gemeinsame Treffen, bereitet sich darauf vor, ist konzentriert bis hin zur Nervosität, man zieht sich vorteilhaft an, trifft sich an einem schönen Ort und bringt ein kleines Geschenk mit. Beim Treffen geht es heiter zu, man lacht viel, belastet den anderen nicht mit Problemen, schmiedet Pläne für eine attraktive Zukunft usw.

... und der schnöde Alltag

Die Alltagsrealität viele Jahre später steht oft im denkbar schärfsten Kontrast dazu. Wenn sich das Paar nun trifft, ist es meist Abend, wenn beide erschöpft sind. Das ist keineswegs der Moment, in dem sie sich in ihrer besten Verfassung befinden. Meist belasten sich die Partner dann mit Alltagssorgen und suchen Bestätigung und Verständnis bei dem jeweils anderen. Missverständnisse und Streitigkeiten sind die Folge.

Das alltägliche Leben ist eine harte Prüfung für die Liebe. Ein respektvoller, liebevoller Umgang mit dem Partner und Toleranz gegenüber seinen Wünschen und Vorstellungen sind die Grundvoraussetzungen für die Überwindung des Banalen im Beziehungsalltag. Dann kann Laotses Satz »Das Allerzarteste überwindet das Allerhärteste« Wirklichkeit werden.

Um eine Beziehung wieder zu beleben, muss man sich nicht wie frisch verliebt verhalten. Kleinigkeiten genügen bereits.

Gegenseitige Anerkennung

Einer der wichtigsten Schritte ist, den Partner anzuerkennen.

- Das bedeutet für den Gesunden, die Schwierigkeiten und die beständige Mühe des Kranken wahrzunehmen, zu würdigen und Mitgefühl zu zeigen. Das bedeutet nicht, dass der Gesunde verpflichtet ist, immer selbst tätig zu werden. Bei der Fibromyalgie wäre das ein frustrierendes Unterfangen. Gerade engagierte Lebenspartner können nur schwer ertragen, dass sie selbst so wenig helfen können. Leider führt der gute Wille oft zu einem Aktionismus (»Tu dies, tu das«), bei dem Kranke zu verschiedenen Maßnahmen gedrängt werden, die sich als wirkungslos erweisen. Das belastet die Beziehung.

info

Zu viel Zuwendung kann schaden! Untersuchungen zeigten, dass es günstig ist, wenn die gesunden Partner nicht ungefragt auf alle Beschwerden eingehen. Günstiger ist es, wenn beide Partner darüber reden, welche Aufgaben sie jeweils übernehmen und in welchen Bereichen sie auch Dinge allein tun.

Lebenspartner können meist nur in sehr begrenztem Umfang Therapeuten sein. Wenn sie jedoch akzeptieren, dass sie gegen die Krankheit nur wenig ausrichten können, und trotzdem Mitgefühl zeigen, dann ist dies für die Kranken eine wirkliche Hilfe. In einzelnen Bereichen (z. B. schwere Kisten tragen, eine Massage am Abend geben) ist natürlich konkrete Hilfe möglich.

- Auch die Kranken können ihre Partner anerkennen, etwa für die Tatsache, dass diese es nicht einfach haben, mit einem kranken Menschen zu leben. Aber auch hier gilt: Die Kranken müssen sich nicht für die Krankheit entschuldigen – sie können nichts dafür.

Das Leben attraktiv gestalten

Trotz der Krankheit sollten Sie versuchen, das gemeinsame Leben attraktiv und lebendig zu halten. Beispiele hierfür sind:

- Sich kleine (!) Geschenke machen
- Kochen und sich ein festliches Essen bereiten
- Gemeinsam ein Restaurant besuchen

- Gemeinsam im Garten tätig sein
- Zusammen in die Sauna oder ins Schwimmbad gehen
- Fahrrad fahren oder spazieren gehen
- Ein Picknick machen
- Dem Partner einen netten Brief schreiben
- Ein Kino oder Konzert besuchen
- Brett- oder Kartenspiele spielen
- Das gleiche Buch lesen und darüber reden
- Gemeinsam Pläne schmieden
- Ein Wochenende gemeinsam verreisen

Fibromyalgie und Sexualität

Wer Zahnschmerzen hat, schreibt keine Liebesbriefe. Diese Tatsache ist den meisten Menschen selbstverständlich. Doch ein Loch im Zahn lässt sich leicht beheben. Bei der Fibromyalgie ist das anders. Die Schmerzen dauern oft lange, und von außen ist kein Defekt sichtbar.

In der Regel leiden Frauen unter einer Fibromyalgie und müssen ihren Männern verständlich machen, dass ihnen unter diesen Umständen nicht nach Zärtlichkeiten oder Sexualität zumute ist. Für Männer ist es oft schwer, dies nicht als persönliche Zurückweisung zu begreifen. Sie gewinnen den Eindruck, ihre Frau suche immer neue Ausflüchte, um einem intimen Kontakt aus dem Weg zu gehen. Je mehr sie dann die Partnerin bedrängen, desto mehr fühlt sie sich überfordert und zieht sich zurück. Hinzu kommt die Tatsache, dass es bei der Einnahme von Serotoninwiederaufnahmehemmern zu einem Nachlassen des sexuellen Verlangens kommen kann. So wird dann ein unbeschwerter sexueller Kontakt immer seltener.

Trotz dieser Schwierigkeiten brauchen betroffene Paare nicht auf befriedigende Sexualität zu verzichten. Beide Partner sollten wissen, dass ihr Problem in erster Linie durch die Krankheit selbst bedingt ist. Der kranke Partner hat in der Regel nicht das Interesse am Sex verloren, sondern ist lediglich phasenweise durch die Erkrankung

> **→ Tipp**
>
> Als wichtigste Grundregel gilt: Reden Sie über das Thema. Sexualität darf keine »heilige Kuh« sein! Haben Sie auch keine Hemmungen, sich zu informieren. Es gibt sehr viel gute Literatur zum Thema.

Sex ohne Stress

- Es gibt gute und schlechte Zeiten für Sex. Wenn Sie sich abends völlig zerschlagen fühlen, werden Sie garantiert keine Lust darauf empfinden. Andere Zeiten (morgens früh, mittags) sind manchmal sehr viel lustfreundlicher!
- Bereiten Sie sich gemeinsam innerlich und äußerlich auf die Zärtlichkeit vor: ein warmes Bad allein oder zu zweit, Kerzen, schöne Musik, eine Massage ...
- Sexualität ist bei weitem mehr als nur Verkehr. Versuchen Sie nicht, einen Orgasmus zu erzwingen. Wenn Ihnen der Verkehr unangenehm ist oder Schmerzen bereitet, vereinbaren Sie mit Ihrem Partner, einmal darauf zu verzichten, und genießen Sie dafür andere Formen der Zärtlichkeit.
- Wie genussvolles Essen lebt Sexualität auch von der Abwechslung. Eine andere Umgebung, andere Stellungen oder Varianten des schon Vertrauten schaffen neue Spannung.

Nicht nur Frauen sind bei Fibromyalgie von der Einschränkung der Libido betroffen. Wenn Männer unter dieser Krankheit leiden, dann berichten sie gleichermaßen über ein Nachlassen der Potenz, das bis zu einem völligen Unvermögen zum Verkehr gehen kann.

beeinträchtigt. Wenn Sie selbst an Fibromyalgie leiden sollten, versuchen Sie, Ihrem Partner dies zu verdeutlichen.

Psychotherapeutische Hilfe

Psychotherapie im engeren Sinn, also Gespräche mit einem ausgebildeten Fachmann, kann eine große Hilfe sein. Das gilt besonders dann, wenn der Betreffende sich mit dem Krankheitsbild auskennt. Im Dialog mit dem Therapeuten ist es möglich, die seelischen Anteile der Fibromyalgie zu bearbeiten. Persönliche Empfindsamkeiten können erkannt und übertriebene Anspannungen beseitigt werden; übersteigertes Verantwortungsgefühl kann abgebaut und neues Selbstbewusstsein erlangt werden. So verbessert sich meistens nicht nur die Stimmungslage, auch die Schmerzen werden dadurch um einiges erträglicher.

Therapeuten sorgfältig auswählen

Doch leider ist das nicht immer so. Fibromyalgiepatienten machen manchmal auch schlechte Erfahrungen mit den Seelenspezialisten. Wenn ein Psychotherapeut das Krankheitsbild nicht kennt, wird er dazu neigen, alle Beschwerden auf die Psyche zurückzuführen. Dann werden die Gespräche mühsam, der Patient fühlt sich nicht verstanden. Häufig hat der Kranke dann den Eindruck, der Therapeut wolle ihm die Einsicht geradezu aufdrängen, dass etwas mit ihm nicht stimme. Diese Art der Behandlung führt eher zur Verschlechterung des Krankheitsbilds, da sie den Patienten noch mehr seines Selbstbewusstseins beraubt. Wenn Sie also eine Psychotherapie beginnen möchten, lassen Sie sich bei der Auswahl des Therapeuten ein wenig Zeit. Es ist durchaus üblich, mehrere Vorgespräche zu führen, bis Sie glauben, die richtige Person gefunden zu haben.

Wie geht es weiter?

Die Fibromyalgie ist – und wird es vorerst bleiben – ein Krankheitsbild mit vielen ungelösten Fragen. Es wird viel geforscht, und viele neue Ergebnisse sind in den nächsten Jahren zu erwarten: neue Behandlungsverfahren, Medikamente usw. Es gibt kein Patentrezept, das bei allen Patienten gleichermaßen wirksam ist. Jeder Betroffene muss seinen persönlichen Weg finden.

→ Tipp

Zusätzliche Informationen zum erfolgreichen 12-Wochen-Programm nach Dr. med. Weiss® bieten »Das Fibromyalgie-Programm«, erschienen im Südwest Verlag, die telefonische Hotline 06 21/122 17 05 oder über info@weiss.de

Fibromyalgie und Erwerbsminderung

Angesichts der jahrelangen Beschwerden haben viele Betroffene das Bedürfnis einer offiziellen Anerkennung ihrer Krankheit. Die Fibromyalgie ist eine »echte« Krankheit und wird im internationalen Krankheitsschlüssel unter der Nummer M 79.09 aufgeführt. Bei erheblichen Beschwerden kann man beim Versorgungsamt einen

Schwer betroffene Patienten benötigen phasenweise eine Intensivbehandlung in einer spezialisierten Einrichtung, z. B. Schwerpunktpraxis, Tagesklinik oder Reha-Klinik. Hinweise unter info@weiss.de oder 06 21/122 17 05.

Antrag auf Schwerbehinderung (neuerdings »GdB« – Grad der Behinderung) stellen, was einen erhöhten Kündigungsschutz und steuerliche Vorteile nach sich zieht.

info

Wenn Sie selbst keinen Zugang zum Internet haben, bitten Sie einen Bekannten mit Ihnen auf die Seiten www.weiss.de oder www.fibromyalgie.de zu sehen. Bei Fragen senden Sie ein e-mail an info@weiss.de.

Eine »echte« Krankheit

Seit 1996 ist die Fibromyalgie in den Anhaltspunkten für die Gutachtertätigkeit ausdrücklich erwähnt. Allerdings gibt es keinen festen Prozentsatz der GdB für diese Erkrankung. Man ist auf Vergleiche mit anderen Krankheiten – beispielsweise entzündlichen rheumatischen Erkrankungen – angewiesen. Prozentsätze zwischen 10 und 50 Prozent GdB sind je nach Befund möglich. Da die Versorgungsämter immer nach Aktenlage entscheiden, hängt der Ausgang sehr von den eingereichten Unterlagen ab. Günstig ist es daher, wenn in der Bescheinigung nicht nur die Diagnose steht, sondern möglichst konkret auf das Ausmaß der Einschränkungen und Beschwerden eingegangen wird.

Medikamentenhinweis: Biolymphosan Tropfen und Zäpfchen (ungeschützter Eigenname; müssen in der Apotheke zusammengestellt werden) bei Lymphstau. Info über: Universum Apotheke Mannheim, Tel. 0621/14400.

Auch sollten alle bisherigen Behandlungen, Medikamente, Kur- oder Krankenhausaufenthalte detailliert aufgeführt sein. Nur so kann sich der Gutachter ein genaues Bild von der Krankheit machen.

Internet

Das Internet ist eine äußerst wertvolle Quelle für Informationen rund um das Thema »Fibromyalgie«. Falls Sie einen Zugang zu diesem Informationsmedium haben, können Sie hier sehr viel Material finden. Unter www.weiss.de und www.fibromyalgie.de finden Sie alles Wichtige zum Thema. Neue wissenschaftliche Erkenntnisse, Termine, Kontakte, Adressen, Selbsthilfegruppen, Hilfsmittel, Medikamente und vor allem neue Therapieverfahren sind hier ausführlich dargestellt. Hier haben Sie auch die Möglichkeit, Fragen zu stellen und in Kontakt mit Betroffenen zu kommen.

Hilfreiche Adressen

Adressen von Selbsthilfegruppen finden Sie auf der hinteren Umschlaginnenseite.

Impressum

Projektleitung:
Sabine Gnan

Redaktion:
Dr. Alex Klubertanz

Medizinische Fachberatung:
Dr. med. Christiane Lentz

Bildredaktion:
Tanja Nerger

Umschlaggestaltung und Konzeption:
R.M.E. Eschlbeck/Kreuzer/Botzenhardt

DTP/Satz:
Mihriye Yücel

Druck:
Weberoffset, München

Printed in Germany

Gedruckt auf chlor- und säurearmem Papier

ISBN: 978-3-517-06398-0

13. Auflage

Über den Autor

Dr. med. Thomas Weiss ist Facharzt für Allgemeinmedizin, Naturheilverfahren, Umweltmedizin, Psychiatrie und Psychotherapie. Er widmet sich vor allem der ganzheitlichen Behandlung chronisch kranker Patienten.
Wenn Sie noch Fragen zum Thema »Fibromyalgie« haben, können Sie direkt an den Autor schreiben:
Dr. med. Thomas Weiss, 07, 7–8 (Planken), 68161 Mannheim

Literatur

Guzek, G./Lange, E.: Pilze im Körper – Krank ohne Grund? Südwest Verlag. 21. Auflage, München 2000
Scheithauer, F./Friedrich, A.W/Rehle, E.: Mit Qi Gong die Lebensenergie stärken. Südwest Verlag. 3. Auflage, München 2001
Weiss, Dr. T.: Alles über Pilzerkrankungen. Kösel Verlag. München 1996
Weiss, Dr. T.: Das Fibromyalgie-Programm. Südwest Verlag. 2. Auflage, München 2000
Weiss, Dr. T.: Familientherapie ohne Familie. Kösel Verlag. 5. Auflage, München 1996
Weiss, Dr. T.: Krank im Schlaraffenland. Kösel Verlag. München 1994
Zittlau, J./Kriegisch, N.: Praxisbuch der gesunden Ernährung. Südwest Verlag. München 2000

Hinweis

Das vorliegende Buch ist sorgfältig erarbeitet worden. Dennoch erfolgen alle Angaben ohne Gewähr. Weder Autor noch Verlag können für eventuelle Nachteile oder Schäden, die aus den im Buch gemachten praktischen Hinweisen resultieren, eine Haftung übernehmen.

Bildnachweis

Masterfile, Düsseldorf: U1 (Russell Monte), 4 o. (J. Darell), 20 u. (Elizabeth Young), 54 m. (Dan Bosler), 79 (Jerome Tisne); IFA, Taufkirchen bei München: 4 m. (Pasley), 30 u., 54 u. (IPS); Image Bank, München: 20 o. (David de Lossy); Mauritius, Mittenwald: 7 (Phototake); Okapia, Frankfurt: 30 o. (CNRI), 34 (Fawcett/PR Science Source); Photonica, Hamburg: 1 (Aoi Tsutsumi), 4 u. (Jake Wyman); Südwest Verlag, München: 2 o., 30 M., 70 (Kristiane Vey/Jump), 3 u. (Michael Nagy), 17 (Roger Kausch), 20 m. (Creative Colour), 32 (Gotovac); Zefa, München: 54 o. (Photex), 68 (Boddenberg), 83 (Miles), 89 (G. Baden)